地方の役場が
いやらしすぎて

桜井真琴

双葉文庫

目次

地方の役場がいやらしすぎて

第一章　筆下ろしは役場の人妻と

1

県境の山から吹き下ろす風が、雪煙を上げた。

単線をのんびり走る一両編成の電車から、無人駅のホームに降りた結城拓也は、ダウンジャケットの前をかき合わせながら改札を出て呆然とした。

駅前なのに、何もない。

だだっ広い駐車場と数軒の民家の向こうには、田んぼが広がっている。

(こんなだっけ？　のどかというか、いや、すごいな……)

真幌場村。

拓也の住む三重県S市の隣村である。電車で来たのは初めてだった。

さて歩こうと思ったら、もう三月だというのに道路にまだ雪が残っていた。

(うわー、こっちはまだこんなに雪があるのかぁ)

隣村と言っても、山をひとつ越えるので実際にはまあ遠い。

真幌場村は山に囲まれたとんでもない田舎なので、来る用事もないし、ほとんど拓也は足を踏み入れることなく二十八年生きてきた。

(はあ……これからここに通うのか)

拓也は歩きながら大きなため息をついた。役場職員の採用面接のときは、母親に車で送ってもらったため、あまり気にならなかったが、改めて見るとテンションが下がる。

二十八歳の拓也はS市で生まれ、地味な人生を送ってきた。

東京のまあまあの大学を卒業して、都内の小さなIT会社に勤め始めた。

ところがだ。

職場のギスギスした雰囲気に馴染めずに、体調を崩して地元のS市に戻ってきた。

半年ほどぼうっとしていたら体調も回復し、ようやく仕事をする気になった。

今度は安定した職業がいいなと公務員試験を受けたらなんとか受かり、それで母親のコネで面接をしてもらい、真幌場村に採用されたのだ。

坂を登りきり、右手の細い道を真っ直ぐ歩く。

クリーニング屋と雑貨屋とスーパーがあって、おそらくここがメインストリートではないだろうか。人はいないけど、店は開いている。

左手に学校もあって公民館と書かれた建物もある。

さらに歩いていると、三階建ての茶色い建物が見えてきた。

(ああ、あれだ)

真幌場村役場。

田舎の役場らしく、ずいぶんぼろい。

中に入ると、作業着を着たガタイのいいおじさんが、右手に小さな檻を持って立っていた。中に可愛いアライグマが入っている。

近づくとアライグマの手が伸びてきて、危うく引っかかれそうになった。

(可哀想。檻に入れられちゃったのか。あんなに可愛いのに)

作業着のおじさんが受付カウンターに近づいていって声をかけると、白シャツで、ころころ太った男が現れた。

「ああアライグマか。うわあ結構大きいなあ、この時期にしては」

太った男が甲高い声で言った。

「ったく。温暖化だかなんだか知らんけど、こんな時期に困るわ。どうにか処分してもらえんか？」

「生きてるよねえ」

「生きとるわ」

「まいったな。今ここの倉庫、アライグマだらけなんだよね。なんでこんな時期に出てくるんだろ。早すぎるよねえ」

「死んどったらよかったかな」

「そうね。死んでたら裏の火葬場に持っていけば五分でこんがり」

「まいったのう、じゃあまた来るわ」

おじさんはあっさり言って、檻を持ったまま帰っていく。

農家にとっては害獣（がいじゅう）ということらしい。あんなに可愛いのに。

「あ、あの」

拓也が声をかけると、太った男は「何？」と返してきた。初対面でこの馴（な）れ馴（な）れしさは田舎特有だ。

「これからお世話になる、結城拓也といいます」

男は丸っこい顔をほころばせた。

「ああ、結城さんね。僕は宮内（みやうち）。奇特（きとく）な人だよねえ、こんな山奥の役場に勤めたいなんて」

「いや、別に志願したわけじゃなくて……」

「ええっと、結城さんは総務課だよね。助かったわあ。総務のひとりが猟銃で撃たれてしまって、困ってたんよ」

「猟銃？　ウソでしょう？」

「なんで？」

宮内がきょとんとした顔をした。日常茶飯事なのだろうか。ぞっとした。

歩いている途中、宮内が「あっ」と言った。

「ねえ。さっきのアライグマ、触ってないよね」

ないです、と言うと、宮内はホッとしたような顔を見せた。

「ああよかった。野生のアライグマは病気とか持ってるからさ。特に爪とか素手で触ったら一発アウト、たまに死ぬから」

宮内がアハハと楽しそうに笑う。

また、ぞっとした。アライグマには気をつけよう。

（それにしても、聞きしに勝る田舎だなあ）

拓也が暮らしているS市は特徴のない小さな地方都市ではあるが、たぬきやきつねやアライグマが出るような場所ではない。山を一つ越えただけで、とんでもない異世界である。

階段で二階に上がる。突き当たりに総務課があった。受付カウンターに人がいて、その向こうに机が並んでいる。

「ここが総務課。ちなみに僕も総務課」

「あれ？　でもさっきアライグマ……」

「鳥獣対策課も兼ねてんの。なんせ人がいないからさあ。どうぞー」

宮内が陽気に言って、中に入っていく。

グレーの作業着と紺のタイトスカート姿の女性が、すぐに立ちあがって寄ってきた。

「結城拓也くんね。真幌場村にようこそ」

彼女はニコッとして、大きな目でじっと見つめてきた。

年齢は拓也よりもかなり上に感じるけれど、わりと美人……いや、結構な美人だ。いきなり身体が熱くなった。

「どうも。ゆ、結城です」

「松井智恵子です。磯川課長、結城くん、いらっしゃったわよ」

奥のデスクに座る作業着の人が手を挙げた。

パンチパーマだ。しかも、挙げた右手の手首には、金色のごついブレスレットが光っている。どう見ても街金業者である。

「おう、待っとったで。こっちや」

威勢(いせい)のいい声をあげたパンチパーマの人に手招きされた。

智恵子の後をついていく。

（キレイな人だなあ。松井智恵子さんか……）

長めの黒髪を無造作に後ろで束ねた髪型で、格好は作業着で地味だし、そんなに化粧気もない。

だけど、ぱっちりした目が特徴的で可愛らしい。

三十代半ばくらいかと思うが、肌も瑞々(みずみず)しくて若々しかった。

後ろから見る腰つきはくびれていて、そこから蜂(はち)のように大きくふくらみ、タイトスカートをピチピチに張りつかせる巨尻がなかなかいやらしい。

（スタイルもエロいな、メリハリがあって……）

一歩足を踏み出すごとに、左右の尻丘(そうきゅう)が妖(あや)しくくねるのがたまらない。

パンティラインも響(ひび)いてしまっている無防備さが、いかにも田舎の人妻といった感じだ。大きめのパンティを穿いていることすら妙にエロい。

あまり見ているとまずいと思い、視線を前に戻す。

すると磯川課長と目が合って睨まれた。

なんだか借金の取り立てに迫られているようで、拓也は身を縮こまらせた。

「磯川や。細かいことは松井さんに尋ねてな。忙しいが早う仕事、覚えなあかんで」

「は、はい」

低い声もなかなか迫力があった。

びびっていると智恵子にクスクス笑われた。

「課長、そんな乱暴な言い方はだめですって。もう少し優しく言えません？」

智恵子に言われて、磯川は口を尖らせた。

「ほんで、今夜はあいとるかの？」

いきなり言われた。

「は？」

「課の歓迎会するから、六時に花ちゃんや」

智恵子が「駅前の居酒屋なの」と補足した。あの無人駅の駅前に、居酒屋なんかあっただろうか。

「あの……今日ですか？」

訊くと、磯川はまたじろりと睨んでくる。

「タワケか。飲みニケーションは勤め人の基本やろう。親睦を深めるんや。早い方がええやろ」

有無を言わさぬ迫力だ。拓也は何も言えなくなった。

都会のギスギスした雰囲気はいやだが、昭和的で妙にアットホームな職場も苦手だ。

いきなり暗い気持ちになった。

自分の席に着くときに、窓際の機械が「ピー、ピー」と音を出しながら紙を吐き出しているのが見えた。

(ファックスか、あれ。ウソだろ……感熱紙じゃないか？)

見れば職員たちの机にあるパソコンは、古いデスクトップタイプだ。

(PC98シリーズじゃないか。げ、現役か？　動くのか？　アナログなんてもんじゃないぞ。ここは二十世紀だ。令和に忘れられた村だ)

マジで頭が痛くなってきた。

2

「おまん、酒が飲めんって、どういう了見かのう」

居酒屋「花ちゃん」で、ノンアルコールのドリンクをオーダーしたら、街金業者然とした磯川課長に詰められた。

「いや、ホントに……その……だめなんですよ。アルコールの入ったチョコを食べただけで顔が真っ赤になるんですから」

拓也が及び腰で言った。

「真っ赤になるだけやったら、ええやろが。菊池さんが実家の近くまで車で送ってくれるて」

「ええよー」

テーブルの向こうで、その菊池さんらしきおばさんが、けらけら笑いながら手を振っていた。赤い目をしてビールを飲んでいる。

(いやいや、できあがってるじゃないかよ。飲酒運転する気まんまんかよ)

口にしようと思ったけれど、怖いから拓也は口をつぐむことにした。

モットーは見て見ぬ振りだ。

「ええやん、一杯だけやて。何事も鍛錬や。俺なんか初日からサラダボールに焼酎と日本酒をドバドバ入れられて、それを飲まされたんやで」

東原という、こちらもガタイのいいおじさんが長テーブルの奥から声をかけてきた。

生ビールのジョッキがまわってきた。匂いだけで吐き気がする。

（ま、まいったな……）

拓也が困っていると、

「ここ、いいかしら」

明るい声がして後ろを向くと、智恵子が微笑んでいた。

「あっ、ど、どうぞ」

拓也の右隣が、ちょっとスペースが空いていた。

智恵子が来たから磯川課長の顔がほころんだ。雰囲気が緩む。

（助け船を出してくれたのかな？　ありがたいな）

ちらりと智恵子の横顔を見る。

磯川課長も鼻の舌を伸ばすわけだ。かなり可愛らしかった。

ぱっちりした目がアルコールのせいでとろんとしている。睫毛の長い二重の瞳が酔いもまわって濡れ光っている。

　後ろで結わえた黒髪がさらさらで美しく、目線を下げれば作業着の上からでも悩ましいふくらみを見せる胸元や、タイトスカートから覗く太ももが、やたらとエッチだ。

　智恵子が急にこちらを向いてきた。ドキッとする。

「ねえ、結城くん。東京のＩＴ企業っていうのは、何をするところなの？」

「ＷＥＢのプログラマーだったんですけど、会社の規模が小さいから、なんでもやらされてました。サーバの管理やらＳＮＳの広告営業やら」

　智恵子が目をぱちくりさせる。他のおばさん、おじさんも苦笑いしていた。

「なんのことか、さっぱりわからん」

「英語ばっかでなあ。日本語で説明してほしいわ」

「まあ、なんや、その……インターネットをつくってるってことやな」

　磯川課長がざっくりまとめた。

　拓也は飲まされたくないので矢継ぎ早に質問した。

「それにしても……よくこの村は存続してますよね。周辺の市町村との合併話が出たりはしないんですか？」

東原が苦虫を噛みつぶしたような顔をする。

「タワケか。これまで何度もあったわいな。S市の連中なんか、ずっと合併しよって言ってきとる」

「えっ？　そうなんですか」

拓也は驚いた。

地元のニュースなんて目を通さないから、まったく知らなかった。

前に座るおじさんが話しかけてきた。

「ちなみにS市と合併になったら、あんたには罰が待っとるで」

「は？」

「当たり前やがな。あんたは今、S市のスパイと疑われとる。でなけりゃ、若い者がこんなところにわざわざ働きに来るわけない」

「いや、それはウチの母親がたまたま……」

「ホンマは合併の下調べに来たんやろ？」

東原が入ってきて、低い声で言う。

「僕は合併には賛成でも反対でもないです。合併しても関係ないので」

「タワケか。合併することになったら有無を言わさずスパイと見なす。千歳山の登山道整備にまわしたるからな。標高二千メートルの山小屋勤務や」

磯川課長が真顔で言った。

「そんな無茶な」

「何が無茶や。スパイは極刑や」

鼻息が荒い。本気で飛ばされてしまいそうだ。

「あの……どうしてそんなに合併がいやなんですか？」

おずおずと訊いてみた。

「わかりきったことや。S市のあほうどもにこき使われるなんて、まっぴらごめんや」

磯川課長の言葉にみんなが「せやせや」と頷く。

(なんだそんなことか)

意地とプライドみたいなものだろうか。

それでも村が存続しているのだから、たいしたものである。

目の前のおじさんが話を変えた。

「あんた、確か二十八やろ。恋人おるんかいな」

「い、いないですけど」

横にいる智恵子を意識する。

いや、別に意識することもないのだが、ついつい「いない」ことをアピールしてしまう。

「おらんのか。じゃあ、ひとりでええから住民票、この村に移さんか？」

「なんでわざわざ引っ越しまでしなきゃいけないんですか」

「引っ越しなんかせんでええ。居住実態なんかこっちが適当に書くから」

なかなか無茶苦茶である。

苦笑いすると、隣の智恵子が赤ら顔でじっと眺めてきた。

「へえ。二十八なの？　若いわあ。私とひとまわり違うのね」

拓也は「えっ」と、思った。

二十八歳のひとまわり上と言えば四十歳である。

（四十歳？　ウソだろ……）

改めて凝視した。こんな可愛い四十歳がいるのか。ちょっとびっくりした。

そのうち智恵子は酔ったのか、時折、身体を押しつけてきたり、寄りかかってきたりした。

意識を集中していると、ブラジャーのカップらしい感触まで伝わってきて身体をさらに熱くしてしまう。

「でも、二十八歳だもんねえ。色恋のひとつやふたつ、あるでしょう？　おばさんが聞いてあげるから、言ってごらんなさいよ」

智恵子がイタズラっぽく笑っている。

ギュッと腕に抱きつかれた。

頭が沸騰した。

「あ、ありませんよ。だって僕まだ……」

言いかけて、拓也は口をつぐんだ。

「なあに、まだって……」

ウフフと笑っている。

「い、いや……その……」

口ごもると、さらにギュッとされた。

そのときに「宴もたけなわですが——」と言われて、智恵子が離れていったので、かなりがっかりした。股間が熱くなってきたのがバレなかったのは幸いか。

3

「大丈夫ですか？」

後部座席のドアを開けて、智恵子に訊く。

智恵子が乗ってきた軽自動車である。

さすがに飲み過ぎたから、二次会には行かずに帰ると言い出したものの、智恵子をこの状態で運転させるわけにはいかない。

タクシーもいないから、結局飲んでいない拓也が送っていくことになったのである。ちなみに軽自動車はそのまま乗って帰ってもいいらしい。

「旦那が出張でいないから、ハメを外しちゃったみたい」

智恵子は後部座席に深く腰かけて、ぱたぱたと手で顔をあおいでいる。

(しかし、可愛いな、酔った智恵子さんって)

智恵子のクルマの運転席に乗り込むと、いい匂いがした。

その匂いにうっとりしながら、拓也はクルマを出発させて、細い道を走っていく。

「ごめんね、初日からこんなことさせて」

後ろの席から智恵子が声をかけてくる。

バックミラー越しに見れば、酔って赤ら顔なのが色っぽい。

「いえ、そんな」

「ウフフ。こんな田舎の村なんてやだなあ、とか思ってない？」

ズバリ言われた。

「そんなことは……」

「いいのよ。でもね、真幌場村はいいところよ。課長はあんな風に言ったけど、別に意地になって合併を拒(こば)んでいるわけじゃなくて……」

「何か理由があるんですか？」

訊いても、しばらく何も言葉は返ってこなかった。

（あれ？）

信号待ちで振り向くと、智恵子はすうすうと愛らしい寝息を立てていた。

（寝ちゃったよ……）

青になったのでクルマを発進させる。

バックミラー越しに、智恵子の寝顔を見てしまう。

（ホントにキレイだよなあ……四十歳なんて思えない）

後ろでひっつめた髪も、化粧気のない顔も、作業着にタイトスカートという格好もすべて地味だ。

だけど、妙に色っぽい。

作業着の下に着ているVネックのニット越しの、たわわなふくらみが呼吸の度に浮き沈みするのもたまらない。

そのときだった。

(あっ)

バックミラー越しに、智恵子が寝ながら膝を開いたのが見えた。

タイトスカートはズレあがり、ムチムチッとした肉感的な太ももがきわどいところまで見えている。

(エ、エッチな脚をしてるんだな……)

いけないと思いつつも、バックミラーを覗く回数が増えてしまう。

(パンティ見えちゃいそうだ。って、四十歳の熟女のパンツなのに、なんで息が荒くなっちゃうんだよ)

そう思うのだが、こんなキレイで可愛い人妻の下着だったら、ぜひ見たい。

(もうちょい脚が開かないかな)

期待を胸に、クルマがカーブに差し掛かる。

曲がり終えたところでまたバックミラーを見ると、遠心力のせいで智恵子の膝頭が左右に大きく開かれていた。

スカートの奥がばっちりと見えていた。

パンストのシーム越しに見えるのは白い布だ。白いパンティがまともに目に飛び込んできた。

（おおうっ……）

拓也の身体はカッと灼けるように熱くなった。

（す、すごい。いやらしい……）

白い下着の底布部が食い込んでいて、女性器の縦に割れた窪みが、うっすらと浮いている気がした。

地味なパンティだが、そんな生活感を漂わせる普段使いの下着こそ、いやらしかった。

運転しつつも、股間が硬くなるのを抑えられない。

興奮しながら運転していたら、智恵子が言っていた家が見えてきた。遠まわりしようと思ったりもしたが、後でバレたら大変なのでクルマを駐める。

「あっ、着いた？」

いきなり智恵子が起きたので、拓也は慌(あわ)てた。

「だ、大丈夫ですか？」

車を降りて後部座席のドアを開けてあげると、

「あっ」

降りようとした彼女がバランスを崩したので、慌てて拓也は彼女を手で支えた。

「き、気をつけてくださいね」

「大丈夫よぉ」

と言っても、足下がおぼつかない。

どうしたものかと思っていると、向こうから抱きついてきた。

（う、うわっ）

女体の温もりと、むにゅっとした柔(やわ)らかさと甘い匂いに、拓也は軽くパニックになった。

乳房のふくらみが胸板に当たっている。

腰もくびれている。マジでいい身体をしていた。

「ううん……」

智恵子が拓也の肩に頭をのせてきた。

お酒の甘い匂いに混じって、濃厚な女の匂いが鼻先をくすぐってくる。

一気に興奮が下腹部に集中した。

まずい、と腰を引きつつ、なんとか細い腰を抱いて玄関に行く。

旦那は出張中と言っていたが、ドアノブをまわしたら、ドアが開いた。

「あれ？　誰かいるんですか？」

「誰もいないわよ。田舎なんて鍵なんかかけないから」

なるほどと思いつつ、智恵子を抱いて家の中に入っていく。

「ごめんねぇ。寝室は奥だから」

言われて、智恵子を抱えながら、なんとか奥の寝室のドアを開けて電気をつける。蛍光灯が瞬き、智恵子はそのままベッドの上に仰向けになった。

「ちょっと……あの松井さん……着替えないと……」

拓也は息を呑んだ。

智恵子のタイトスカートが大きくめくれて、ストッキングに包まれた豊かな太ももがきわどいところまで露出していたのだ。

（うっ……太ももが……）

拓也は生唾を呑み込みながら、智恵子の肩を揺する。

「あの……松井さん。こんな格好で寝たら風邪引きますよ」

そのときだった。

智恵子の両手が伸びてきて、拓也はそのまま智恵子に抱きしめられた。

（おおうっ！）

甘い匂いと乳房の柔らかな感触に、理性が切れそうになる。

ギュッとしたくなるのを必死に抑えていると、智恵子が甘ったるい声でささやいてきた。

「ねえ、お願い、苦しいの。スカートのホックを外してくれないかしら」

「えっ！」

ハッとして智恵子を見る。

彼女はしかし、すでに寝息を立てていた。

（ね、寝言か……でも、スカートがきついんだろうな）

触るのは犯罪だ。

だが、スカートのホックを外して緩めてあげるくらいならいいんじゃないか？

拓也は唾を呑み込み、震える手で智恵子のタイトスカートのホックに手をやった。

（松井さんの……こんなキレイな人妻のパンティを間近で見れるかも……）

手が震える。

なるべく身体には触らぬように、そっとスカートのホックを外す。すると智恵子は、タイトスカートを自分で脱ぎ始めた。

（えっ……？）

智恵子は大きなヒップが邪魔してスカートが下りていかないらしく、もぞもぞと悪戦苦闘していたが、やがて爪先からスカートを抜き取って放り投げ、その勢いのまま寝返りを打ってうつぶせで寝てしまった。

眼前の光景に息がつまる。

圧倒的存在感の巨尻は、想像以上のボリュームだった。

（お、おっきい……すごいお尻だ……）

つやつやした光沢あるパンストが、女性の下半身の色っぽさをより際立たせている。

パンストに透けて見える下着はやはり白だった。

大きめのおばさんパンティなのに、それでも尻肉がハミ出てしまっている。

拓也は思わず自分の股間を握りしめた。

(すごいっ！)

ハアハアと息があがる。

それに、気のせいか妙に生々しい匂いがした。

(まさか、これ松井さんの……おまんこの匂い……？)

劣情をもよおすに充分な牝の匂いだった。

気がつくと、拓也は眠っている智恵子にそっと近づいていた。

鼻先をヒップの下部に押しつけ、匂いを嗅ぐ。

(すうう、はああ……すごい、甘くて濃い匂い……これが女の人のアソコの匂いなのか……)

ずっと嗅いでいると、わずかに鼻先に湿り気を感じた。

(えっ！　えっ……えっ……？)

濡れてきてる？　理性が切れた。

(だ、だめだ……だめだ……なのに……)

震える手で拓也は自分のズボンとパンツを下ろして、みなぎった肉棒をつかんでシゴいていた。

(ああ、松井さん……)

眠っている人妻のセクシーな姿を眺めていると、背徳の興奮が高まる。

身体が熱くなり早くも会陰がひりついた。

切っ先が熱くなった。そのときだ。

(くううっ、あっ)

鈴口から飛び出た白濁液が、智恵子のパンスト越しの太ももを汚していく。意識がとろけるほど気持ちよい射精だった。

しかし、出してしまえば一気に恐ろしい現実が待っていた。

(うわっ、や、やば……!)

寝ている人妻に、射精してしまったなんて確実に犯罪だ。

とにかく証拠隠滅だと、急いでパンツとズボンを上げ、枕元のティッシュで、智恵子についた精液のたまりを慎重にぬぐった。

智恵子の太ももから、濃厚な栗の花の匂いが漂ってくる。

(す、すみません! 松井さん……これから一緒に働く人を、オナペットに使っちゃうなんて……)

心の中で謝りながら、拭っていたときだ。

「え？　結城くん……え？」

智恵子がぱっと目を開けて、上体を起こした。しばし呆然としていたが、

「い、いやああ！」

智恵子が悲鳴をあげて、脱いだスカートで下半身を隠した。

「ど、どういうこと？　なんで私、スカートを脱がされて……あ、あなたっ、私をどうするつもりだったの？」

智恵子が大きな目を細めて睨んでいた。

「ち、違うんですっ！　ま、松井さんが自分で脱いで……」

とにかく誤解をとかねばと、必死に説明する。

「わ、私……？」

「そうです。スカートが苦しいからホックを外してくれって言われて。だからホックを外してあげたら、松井さんが自分で脱ぎ始めて……」

言い訳するも、智恵子は眉をひそめている。そして側にあった丸まったティッシュを指差した。

「それ……何なの？　あなたよね。私の……その……」

智恵子が真っ赤な顔をした。これはもうだめだ。

「それは……その……」

何も言えずにうつむいていると、智恵子がハアッと大きくため息をついた。

「こんなイタズラして……よくないことよ。あなただって、大人なんだから、わかるでしょう?」

「す、すみませんっ」

「私の……その……パンティなんか見たって……何も楽しくないでしょ」

目の下を赤らめながら、智恵子が言う。

「いや、そんなこと……そんなことないです。興奮したし……匂いだって」

「やだっ。嗅いだの?」

智恵子がイヤイヤと首を横に振る。

そして、枕をつかんで叩いてきた。

「いいからもう、出ていって!」

拓也は玄関まで走り、靴を適当に履いて、逃げるように玄関から出た。

(さ、最悪だ……)

真夜中、街灯もついていない細い道を歩きながら振り返る。

天国から地獄だ。

自分のスケベさ加減がほとほとイヤになる。それより、ここからどうやって帰ろうか。

4

翌朝。

眠い目をこすりながら、拓也は役場に向かった。歩いて帰ったのでへとへとだったが、採用されて二日目でいきなり休むわけにはいかない。

（松井さん、怒ってたよなあ。当たり前だけど……）

寝ていたら自分のスカートが脱がされていて、それに加えて太ももには、精液の匂いと痕跡が残っていたのである。

（はあ、もう二度と口きいてもらえないだろうな）

それだけならまだいい。

昨晩は警察沙汰（ざた）になるんじゃないかと、怯（おび）えて眠れなかった。

辞めさせられるのは、別にどうってことはない。なんなら自分から辞表を出したってかまわない。だけど痴漢（ちかん）の前科（ぜんか）だけは勘弁してもらいたい。

重い足を引きずるようにしながら役場に着くと、玄関前に宮内がいた。

作業着にごつい長靴で、昨日のアライグマ用の檻を持っている。

宮内は拓也を見つけるなり満面の笑みでやって来た。

「ああ、いたいた。結城さーん。一緒に捕獲に行こうよー」

まるで遠足か、キャンプにでも行くような口ぶりで誘われた。

「捕獲?」

「アライグマ。大きいのが屋根裏にいるらしいよ」

「いや、遠慮しておきます」

「なんで?」

素手で触ると命の危険があると、昨日自ら言ったのを忘れているんだろうか。

「僕、ハウスダストとかダメなんですよ。それに二日目ですし、覚えなきゃいけない仕事がいっぱい……」

「大丈夫大丈夫。磯川課長から許可もらってるから。それにさあ、お年寄りの家に行くと、お小遣いをもらえるよ」

宮内がイヒヒと不気味に笑う。

「ここ役場ですよね」

「そだよ」

悪びれずに言われた。

「でも公職の身でお小遣いって」

「意外に真面目なんだねえ。みんなやってることなのに」

また底意地が悪そうな笑みを見せられた。

何かもう、この村役場にいると、社会的モラルとは何なのか、わからなくなってくる。

（まあでも課長が許可を出しているならいいか……）

昨日の今日で、智恵子に会わずにすむのはラッキーだ。捕獲作業はいやだけど、智恵子に会うよりマシだと思い、ついていくことにした。

役場に戻ってきたのは夜九時をまわった頃だった。

三軒まわったのだが、一軒目で宮内が梯子で屋根裏に登り、足を踏み外して天井に穴を開けてしまったので修理をし、二軒目は捕まえてあったアライグマを逃がしてしまって、だだっ広い竹藪で追いかけっこをしてようやく捕まえ、さらに三軒目では夕飯をご馳走になってしまった。

宮内は家が近いからと直帰してしまったのだが、拓也は鞄を役場に置いてきたので、取りに戻ったというわけなのだが……役場の表の明かりはすでに消えていた。

玄関も鍵が閉まっている。さっき電話したら誰かが出て、「あー、誰かいるから大丈夫だよ」と言われて安心していたら、このざまだ。

拓也は植え込みにしゃがみ込んだ。

(もうこんなところ、さっさと辞めちまおう)

ため息をついたそのときだ。

表玄関に明かりがついて、智恵子がドアを開けたからギョッとした。

「結城くん。遅かったわねえ」

拓也は慌てて立ちあがる。

疲れが一気に吹き飛んで、顔が熱くなった。

「あ、あの……あの……」

「大変だったわね。それで、アライグマは捕獲できたのかしら」

智恵子は昨日のことなどなかったかのように、普通に話しかけてきた。

「いやその……途中で逃がしたりして大騒動で」

彼女がクスクス笑った。

「鞄があるんでしょ。取りに来ると思ってたわ」

えっ、と思った。

「待っててくれたんですか？」

「それもあるわね。でも、残業してたから、ちょうどよかったのよ」

智恵子と並んで歩く。

（もう昨日のイタズラは不問にしてくれるのか？　それとももう昨日のことは、話したくもないのだろうか）

わからない。

ちらりと横を見る。

表情は特に変わりない。

ぱっちりした目が特徴的な美人だ。

黒髪を後ろで束ねた適当な髪型も、上は白いブラウスで下は黒いタイトスカートという地味な格好も変わっていない。

もし昨日のことをなかったことにしてくれるなら、とにかくありがたい。

二階に行くと、明かりがついているのは総務課だけだった。

「松井さんしかいないんですか？」

「そうね。この時間まで誰かがいるのは珍しいんじゃないかしら」

笑みを浮かべているが疲労の色が顔に浮かんでいた。

席に着き、鞄の中の書類を見ながらも、横目で隣のデスクの智恵子を見てしまう。

(昨日のことはやっぱりなしにしてくれるんだな)

ちらちら見ていたら、智恵子と目が合った。

「珈琲(コーヒー)でも、淹(い)れようか？」

ふいに智恵子が立ちあがって、訊いてきた。

「あ、ぼ、僕が淹れますよ」

立とうとしたら、智恵子が首を横に振った。

「いいのよ。私が飲みたかったんだから」

そう言って、彼女はさっと席を離れる。

智恵子は後ろ姿もいい。

白いブラウスに、膝丈(ひざたけ)のタイトスカートという地味な格好だが、タイトスカート越しの双尻(そうきゅう)は生地(きじ)を破かんばかりのすさまじい大きさだ。

（お、思い出しちゃうよ、昨晩のこと……）

ストッキングとパンティ越しの豊かなヒップが目に焼きついている。

（いけない……思い出しちゃだめだ。忘れるんだ）

気を紛らわそうと書類を眺めていたら、珈琲のいい匂いが漂ってきた。

「はい、どうぞ」

智恵子が珈琲の入った紙コップを置いてくれた。

手を伸ばしたときに、ブラウスがぴたりと身体に張りつき、巨乳がより強調されてドキッとする。

「あら、これってなあに？」

彼女が拓也のパソコン画面を指差した。

ぴたりと身体を寄せられて、拓也は身体を強張らせる。

（近いっ。顔の近くに、おっぱいがあるっ！）

真横に胸のふくらみがあった。

チラリと見れば、白いブラウスのボタンの隙間から、薄いベージュのブラジャーと肌色の豊かなふくらみが覗けた。

（智恵子さん……お、おっぱいが大きすぎて、ブ、ブラチラしてる……）

仕事を教えてくれる年上の同僚だぞ。昨日から何度もそう思っている。

そう思っているのに股間はズキズキした。

「ねえ、これ、エクセルでしょう？　ここはなあに？」

智恵子がさらに詳しく訊いてきた。

「か、関数ですよ。昨日、アンケートをまとめてほしいって言われたから、こうやって……」

使い方を教えると智恵子が目を丸くした。

「へええ、エクセルってこんなことができるの？　すごいわね」

智恵子がぴたりと横にいてモニターを覗き込んでくる。

ふたりきりの深夜の職場。

こんなに近づいて、しかもブラジャーがチラチラ覗けている。だめだと思うのに身体がどんどん熱くなっていく。

「これ、私の仕事にも使えないかしら」

「み、見てみましょうか」

智恵子が自分のデスクトップパソコンを操作する。

拓也は横から覗き込んだ。

「これなんだけど……」

画面には、よく分からないが何かの集計表のようなものが立ち上がっていた。

「ああこれ、この関数使えば……」

カタカタとキーを叩いたときだ。

「え？」

智恵子が画面を見て、目をパチパチさせた。

「今、何をやったの？」

「何って……計算式を使えば簡単で。あれ、もしかしてこの数字、全部計算してから入力してたんですか？」

智恵子が肩越しに明るい表情を見せてくる。

「すごいすごいっ。結城くん、すごいっ」

「い、いや、こんなの誰でもできますから」

初歩の初歩だが、褒められるとやはりうれしい。

やり方を教えてあげたら、智恵子はあっという間に使い方をマスターして、今日の作業を終えてしまった。

「ねえねえ、明日からもいろいろ教えてもらえないかしら」

「いいですよ、もちろん。そうすれば残業せずに早く帰れますね」

と言ったら、ちょっと智恵子は顔を曇らせた。

「まあ早く帰っても、今日も旦那は遅いんだけどね……といっても、ひとりでいると誰かに襲われちゃいそうだし」

彼女がくるりとこちらを向いた。

真顔でじっと見つめている。昨日のことを咎めているのだろうと思った。

そうだよな。このまま水に流すなんてできないよな、犯罪行為だし。

「あの……松井さん……昨日のこと……ごめんなさい。ホントに、あの……どうかしてたんです。すみません」

拓也は席を立って、頭を下げる。

彼女が、ぐすっ、と鼻をすすって両手で顔を覆った。

「この歳であんなことされて……ショックだったわ」

涙声で彼女が言う。拓也は焦った。

「ごめんなさい。ホントになんて謝ったらいいか……」

彼女は両手で顔を覆ったまま言った。

「ねえ結城くん。あなた、女性とその……まだ経験がないんでしょう？」

「へ？」

いきなりとんでもないことを言われて、軽くパニックになった。

「えっ、は？　え……」

「だから私みたいなおばさんにイタズラしたんでしょう？」

嗚咽を漏らしながら智恵子が詰ってきた。

「そ、そんなことないですっ。あの……ま、松井さんが、松井さんだから……人妻で年上なのわかってるんです。でも、すごくキレイで……」

「じゃあ見境がないわけじゃなくて、私だったからってこと？」

彼女が顔を覆ったまま訊いてきた。

「も、もちろんです」

大きく頷いた。

「……私、もう四十歳なのよ」

「わ、わかってます」

「そんな年上の人妻にあなたの初めてを奪われてもいいわけ？」

「……は？」

何を言ってるんだと思ったら、智恵子が顔を上げて、イタズラっ子のように舌を出した。

「ウフフ。ウソよ。この歳で、あんなことされたくらいで、泣いたりショック受けたりしないわ。からかっただけ」

「えっ……ええ？」

驚くと同時にホッとした。

「やっぱり女の人を知らなかったのね。昨日の歓迎会でもそんなことを言ってたから……なるほどね」

智恵子は妙に納得しながら、左手で拓也の作業ズボンの股間に触れてきた。

「ちょっ……ッ！　えっ……？」

いきなりで意識がついていかない。

だけど、すりすりと股間を撫でさすられると、一気にイチモツが硬くなってしまう。

「すごいわ。さすが二十八歳ね。あっという間に熱くてカチカチ……」

智恵子はうっとりしたように言いつつ、さらにいやらしい手つきで股間部分を責めてきた。

「あっ……ちょっと……」

女性に初めて股間を触られたことで、頭が完全にパニックになった。

「痛かった？」

智恵子に言われて拓也は首を横に振る。

「い、いえ……ああ……痛くない……です。で、でも……ど、どうして……」

やわやわと肉茎を握られ、揉み込まれる。

彼女がクスッと笑った。

「うれしいのよ。私の手で感じてくれて……それに初めてって可愛いじゃない」

智恵子がすっと立ちあがり、抱きついてくる。

思わずギュッと背中に手をまわしてしまう。

男とはまるで違う、丸みを帯びた柔らかさに陶然となる。

（ああ、女の人の、か、身体っ……！）

「ウフフ。身体がガチガチよ」

智恵子が顔を上げて、優しく微笑んだ。

拓也を見つめる目が潤んでいる。

いつもの優しい人妻の雰囲気が、妖しくセクシーな女の顔になっていた。

「可愛いわ。ウフフ。初めてなんて……それに、普段使いのパンティなんかに興奮して私にかけちゃうなんて……しかもあんなにたくさん……」

恥ずかしくて、カアッと顔が熱くなる。

まともに目も合わせられないと戸惑っていると、いきなり唇に柔らかいものが押しつけられた。

（えっ……？）

キスだとわかって、頭がパニックになった。

5

柔らかくて濡れたような唇が、拓也の口を塞いでいた。

どうしていいかわからず呆然としていると、キスをほどいた智恵子に手を引かれ、空いているデスクの上に仰向けに寝かされ、智恵子が覆い被さってきた。

「ウフフ。もしかして、キスも初めて？」

「は、はい……」

「そうよね。キスしただけでこんなに硬くなるんだものね」

ズボンの上からほっそりした指先がいじってくる。

「ああ……」

とろけた顔を見せると、智恵子の唇がまた優しく拓也の口を塞いでくる。

「……んむっ」

「ウフフ……ん……ンフッ……ンン……んちゅ」

悩ましく鼻息を漏らしながら、何度も角度を変えてキスされた。

女の人の柔らかい唇と甘い呼気……ついに女性と口づけを交わしたことで、拓也はうっとりして唇を半開きにする。

すると、ぬるりとした生温かいものが口の中に差し込まれた。

（女の人のっ……松井さんの、し、舌が入ってきた……！）

生き物のような舌が、拓也の口腔内を舐めてくる。

（これがディープキス……ベロチューってやつか……）

感動しながら、拓也もおずおずと舌を動かしてからめていくと、ぞくぞくするような気持ちよさが全身に広がっていく。

（キスってすごい。松井さんの身体を全部、味わいたくなる……）

我を忘れて女体をギュッと抱きしめ、美しい人妻のぬくもりと呼気と唾液を脳裏に刻み込もうと、ねちゃ、ねちゃ、といやらしいキスに没頭する。

「んふうん……はん……ううんっ……」

智恵子は鼻奥で悶(もだ)えながら、ますます舌をいやらしく動かしてくる。

（やっぱり人妻だ。こんなエッチなキスを仕掛けてくるなんて……）

可愛らしい顔をしていても、経験は豊富なのだ。優しくリードされながらキスをして、口の中がとろけていくようだった。

（松井さんの唾液が、流れ込んでくる……）

智恵子の唾がねっとりして甘く感じる。

意識がぼうっとして目をつむると、ちゅぽっ、と音を立てて智恵子が唇を離した。

ふたりの唇が唾液でまみれ、ねばっこい糸を引いた。

「ウフフ。拓也くん、キスが上手(じょうず)よ。こんなにエッチなキスをされたら、とろけちゃいそうよ……ウフッ。もっとしたい？」

とろんとした目で見つめられて、甘い声でささやかれた。

四十歳のキュートな人妻に、完全にノックアウトされてしまう。

「したい」と言うと、またキスされて、智恵子の熱い舌が、さらに激しくからみついてくる。

「……んううっ……んぶっ……んちゅっ……あんっ、舌の使い方、上手よっ……

気持ちよくなっちゃう……んちゅっ……」

柔らかな唇に何度も口を塞がれ、唾液でねっとりした舌で、ねちゃねちゃと口の中をたっぷり舐められる。

（た、たまんないよ……も、もう、ガマンできない……）

拓也は智恵子の背中にまわしていた手を、じわじわと胸に持っていく。

もうガマンできずにブラウス越しの胸をギュッとすくいあげる。

「あんッ……」

智恵子が口づけをほどいて、顔をせりあげた。

拓也は猛烈に興奮した。

（ああ……これがおっぱいっ！　や、やわらけーッ！　それに松井さん、おっぱい揉まれて感じたぞ）

実にいやらしい揉み心地だった。

ぐいぐいと指を食い込ませれば、ブラウス越しの胸がいやらしく歪に形を変えていく。

「ああんっ……やあんっ……」

智恵子が目を細めて、うわずった声を漏らした。

拓也はハッとして手の力を緩める。

彼女が笑った。

「違うの。今の《いや》は恥ずかしかっただけ。ウフッ。いいのよ。もっといっぱい揉んでも……どう？　女の人の身体は？」

「ええっと……や、柔らかいですっ。す、すごく……」

「ウフッ。可愛いんだから……いいわよ、脱がせても」

「あ、は、はい……」

脱がせる。

女の人の服を脱がせるんだ。

いちいち感動しながら、身体を起こして、ブラウスのボタンを外していく。

すべてのボタンを外してブラウスの前を開くと、ブラジャーに包まれた乳房が、ぶるるんと揺れて露出する。

地味なデザインのベージュのブラが、はちきれんばかりのたわわなふくらみを押さえつけている。片方のふくらみが顔ぐらいありそうだ。

（うわあ、おっきいっ。なんだよ、これ……）

真ん中で、左右の乳肉がせめぎ合っている。

智恵子がブラウスの裾をタイトスカートから出して、肩から滑り落とすように脱ぐと、グラビアでしか見たことなかったような大きな胸が揺れ弾んだ。

（お、落ち着けっ、落ち着けっ）

そう思うのに、目が智恵子の乳房から離れない。

「ああん。そんなに見つめちゃダメよ。なんだか私ばっかり脱いで、恥ずかしくなっちゃうじゃない」

智恵子は恥じらうように頬を赤らめる。

「拓也くんも、脱いで」

「えっ、あっ……は、はい」

ホッとした。

自分はどのタイミングで服を脱げばいいのか、わからなかったのだ。

拓也は作業着を脱いでTシャツとパンツだけの姿になった。

股間が信じられないほどふくらんでいた。拓也の顔も智恵子と同じように赤くなってしまう。

「あん……」

智恵子はそのふくらみを目にしたとたん、顔をそむけて眉をひそめた。

少なくとも旦那のモノで見慣れているはずなのに、まるで無垢(むく)な少女のような恥じらいを見せてくる。

「す、すみません。でも、松井さんが……エッチな身体で……」

興奮気味に言うと、智恵子は大きな目を潤ませてイヤイヤした。

「いやん、そんなこと……もう若くないから」

「そんなことないですっ」

拓也は昂(たか)ぶりながら、智恵子の背中をまさぐっていった。

ブラのホックが背中にあることは知っている。

指先で智恵子のブラホックを探りあて、苦労してホックを外すと、ベージュのブラジャーがくたっと緩んだ。

「ああンっ……」

双乳(もろち)を露わにされて、智恵子は羞恥(しゅうち)に歪(ゆが)んだ声をあげた。可愛らしい顔立ちが曇り、耳の後ろまで真っ赤になっている。

(すげぇぇぇ！)

拓也は心の中で絶叫した。

たゆんとこぼれ出た白いふくらみは、釣(つ)り鐘(がね)のように前に突き出ている。

先端は濃いピンクだ。

乳輪（にゅうりん）が大きくて、乳首も存在感がある。

「ああ、おっきなおっぱいっ……！」

豊かな白い半球に顔を近づける。

とにかくデカい。おそらくFとかGカップくらいではないだろうか。

「ああ、だめっ……だめよ……。そんなに見ちゃ……恥ずかしいわ」

熟女は恥じらい顔を見せるものの、抗（あらが）うようなことはしてこない。

震える手を伸ばして生乳（なまちち）に触れた。その勢いのまま揉みしだけば、

「はううん」

智恵子はビクンと震えて、目の下をねっとり赤く染める。

その表情に拓也は昂ぶって、智恵子を仰向けに寝かせてさらに揉んだ。

熟女のおっぱいをギュッとつかめば乳房のしなりを感じつつも、指が際限なく沈（しず）み込んでいくようだ。

（なんて柔らかい……これが、おっぱいの感触なんだ……）

揉めば揉むほどに乳肉がじっとりと汗ばんでいく。

拓也の手のひらも緊張で汗をかいているから、触れれば、ぬるぬるした乳肌の

感触が味わえた。

さらにじっくり揉みしだこうとしたら、智恵子が半身になった。

「だめっ……恥ずかしい……」

「えっ」

拓也がちょっと哀しげな顔をすると、智恵子が苦笑いした。

「ああん、ごめんなさい。初めてなんだから好きにしていいのに……でも私も久しぶりだからちょっと恥ずかしいの」

真っ赤になっている智恵子が可愛らしすぎた。

しかし、恥ずかしいと言っても乳首はすでに勃起していた。

初めてでもわかるくらいに智恵子の乳首は硬くシコってきている。戸惑っていても感じてくれているのだ。うれしかった。

興奮しながら突起に吸いついた。

「あンッ」

智恵子は甲高い声をあげ、背を浮かせた。

(感じた！　松井さんが、おっぱいを舐められて感じてくれてる！)

童貞なのに女の人を感じさせた。

ジーンとした感動のままに、さらに舌を動かして乳首を弾き、舐めしゃぶりながら上目遣いに智恵子を見る。

智恵子は感じた声を漏らしつつも、

《ああ……ごめんなさい、あなた》

という感じで、瞼を閉じ、わずかに眉をハの字にして震えている。

おそらく、旦那以外の男に身体を許すのは初めてなのだろう。

こんな大胆なことをしてきても、智恵子には人妻の貞淑さがあって、そこが妙に興奮する。

（でも旦那の出張のことを言うと、いやな顔をするんだよな。寂しいのかな）

旦那を愛していても、結婚生活が長いと浮気したくなるのかもしれない。

（人妻って、やっぱエロいよな……）

いけないことをしている。

それが興奮を煽ってくるのも間違いない。

（そろそろ下も触ってみたい。もういいのかな？）

拓也は昂ぶったまま、少しずつ智恵子の下腹部に手を近づけていく。

6

ちゅ、ちゅ、と乳首を吸い立てながら、拓也はタイトスカートから伸びた智恵子の太ももを撫でまわした。

ストッキング越しのムチムチした太ももに圧倒される。さらにスカートの中に手を入れていくと、タイトスカートが大きくめくれて下腹部が露わになった。

ナチュラルカラーのパンティストッキングとベージュのパンティが、熟女の豊かな下腹部を覆っている。

（うおおおっ……女の人の、こ、股間っ……）

もう理性は飛んでしまっていた。

本能的に指先を智恵子の股間に持っていき、くにくにと恥部を布地の上からなぞれば、

「ああっ、イヤッ」

と、智恵子は顔をそむけて、声を跳ねあげる。

もっと辱めたいと、パンストのシームに沿ってさらに指でなぞっていく。

するとと指先が柔らかい肉に沈み込み、卑猥なワレ目が布地にはっきりと浮き立

って見えた。

(おおお、女の人のワレ目だ！　パンティがワレ目の形にっ……)

たまらずしつこくなぞると、

「あっ……あああっ……」

智恵子は喜悦に歪んだ声をあげて、イヤイヤと首を横に振りながらも腰をもどかしそうに揺すり始めた。

ハアハアと息を荒らげつつ、さらにねちっこく撫でていく。

(えっ……？)

なぞっていたら指先に湿り気を感じた。

つるつるしていたはずのナイロン生地がしっとりしてきたのだ。

何かの間違いじゃないかと思っていたら、透過性の強いパンスト越しに、ベージュのパンティのクロッチに、じわりと舟形のシミが浮き立ってきた。

「ぬ、濡れてっ……ああ、パンティが濡れてる……」

拓也は高揚し、智恵子の顔を覗き込む。

「あ、ああ……い、言わないでっ」

智恵子はもう耳まで真っ赤にして、大きくてクリッとした瞳を涙で濡らしていた。

股間が濡れているのが自分でもわかるのだ。可愛い。可愛すぎるっ。

その丸くなっているシミに指を突き立て、パンストとパンティの上から、軽く窪んだ穴をいじると、くちゅ、くちゅ、とわずかに湿った音が聞こえてきた。

「いやん、その音……だめ……」

と、智恵子は拓也の腕にギュッとつかまりながら首を横に振る。

「う、うれしいです。僕の愛撫で濡らしてくれるなんて」

正直に言ったつもりだった。

だが智恵子はからかわれたと思ったようで、涙で濡れた目を細め、口惜しそうに睨んでくる。

「ば、ばかぁ……拓也くんのばかぁっ……」

智恵子が下からギュッとしがみついてきて、拓也の胸板に顔を埋める。

これが四十路の熟女か。可愛すぎるだろ。

拓也はクラクラして、さらに股間のシミの部分を責める。

しばらくして、ムッとしたような匂いが熱気とともに鼻先に漂ってくる。

「ん……んうううんっ……だ、だめっ……」

智恵子が眉をひそめて、またイヤイヤと首を横に振る。

「いやなんて……松井さん……か、感じてるんですよね。感じている顔が、可愛いですっ」

興奮しているから、本音がついつい出てしまう。

智恵子はハアハアと息を喘がせながらも、目を細めてくる。

「は、初めてなのに……人妻をからかうんじゃ……あっ……ああんっ……」

感じる部分に指が当たったのか、智恵子がいきなりビクッとして、背中をのけぞらせた。

（も、もうガマンできない……見るぞ、見ちゃうぞ……おまんこを……）

これだけ感じてくれているなら、脱がしてもいいだろう。

拓也は智恵子のタイトスカートを腰までまくりあげ、ストッキングとパンティに手をかけて、引き剝がしていく。

「ああン……」

あれだけいやだと言っていたのに、智恵子は脱がしやすいように尻を浮かせてくれた。やはり智恵子も直接触ってほしいのだ。

破らないように気をつけながら、二枚の薄布を丸めながら爪先から抜き取り、

最後に腰に残っていたタイトスカートを脱がせると、

「あ、あああ……」

智恵子は恥じらってうわずった声を漏らす。

上も下も熟女の身体をガードするものは何もなくなってフルヌードにされたのだから、恥ずかしいのだろう。

（す、すげえ……）

改めて、智恵子の全裸を舐めるように見た。

思っていた四十路熟女の身体つきとは、まるで違った。

おっぱいはわずかに垂れ気味だが、仰向けでもしっかりと丸みがあって、すさまじい迫力だ。

腰はくびれ、そこから下半身は大きくふくらみ、豊かなお尻をしている。

太ももはムッチリして太いのに、ふくらはぎはすらりとして、美しい脚をしていた。

ほっそりした若い子とは違う、男好きする身体つきだった。

これが大人の女の身体なのだ。股間のふくらみは恥ずかしいほど大きくなっていく。

（い、いくぞ！　男になるんだ……）

拓也は智恵子の太ももに手をやって開かせた。

「こ、これが、女の人の……」

思わず声が出た。

みっしりと生えそろった草むらの奥に、女の唇があった。

脚を開くにつれ、亀裂の中身が露わになっていき、幾重（いくえ）にも咲くピンクの媚肉（びにく）がみっちりとひしめいている。

「お、おまんこ……これが、おまんこっ……」

拓也はまじまじと見つめながら、声を震わせる。

「ああ……」

見られているのが恥ずかしいのだろう。

智恵子は首を横に向け、ぶるっと腰を震わせる。

「わ、私のなんて、そんなにキレイなものじゃないでしょ？　ごめんなさいね」

いたたまれない、という感じで股間を手で隠そうとする。

その手をつかんで無防備にさせて、拓也は鼻先を濡れているスリットに近づけていく。

「キレイですよ。すごい……キレイです……それに、に、匂いも……」

顔を近づけると、磯っぽい匂いが漂った。見れば媚肉の奥はもっとひどくぐちゃぐちゃに濡れている。

「いやん、か、嗅がないでっ……アソコの匂いなんて……」

「そんなに、いやな匂いじゃないですから……」

「あん、だ、だめよ……お、お風呂にも入ってないのに汚いわ。お願い、嗅がないで……」

嗅がなければいいのかと、拓也はワレ目をそっと指でまさぐった。

「あうっ……！」

それだけで、智恵子が大きく腰を跳ねあげる。

花びらを指でくつろげていくと、蜜があふれてきた。

指で軽く叩くと、ぴちゃぴちゃという音が立ち、

「ああンッ……あああっ……」

智恵子はいよいよ、よがり声を強めていく。

（いいんだ。間違ってないんだ……）

スリットを指でなぞっていると、軽く嵌まるような小さな穴があった。

「こ、ここが……ッ……女の人の？」

興奮しながら訊くと、汗ばんだ真っ赤な顔で智恵子が恥ずかしそうに頷いた。

「そ、そうよ、そこが、オチンチンを受け入れる場所よ」

「こんなに小さいんですね」

狭い穴に指を押し込むと、ぬるっと窄まりに指が嵌まっていく。

「あっ！　あああん……！」

智恵子が激しく反応して、尻を震わせた。

（うわっ、熱い）

内部は窮屈で、どろどろしていて、生き物のような襞がうごめいている。

（ここにチンチンを入れたら……）

未知の快楽を思い描きながら、さらに指で攪拌する。

「んっ、んんっ……あっ、あっ……そ、そうよ……そこはデリケートだから、優しく……あああんッ」

股間が痛いほど充血して、パンツがガマン汁で濡れていた。

本当は激しく指を動かしたいほど昂ぶっているが、その昂ぶりを必死に押し殺し、言われたとおりに優しく、丁寧に、ぬぷっ、ぬぷっ、と浅い部分と深い部分を交互に刺激する。

「はああん、いいわっ……あんっ……だめぇぇ……」

淑やかな熟女が、ますます乱れてきた。

もっと奥まで中指を入れる。

すると、こりっとした天井のようなものに指先が当たり、

「ひ、ひいい……ああんっ……そ、そこ、感じるっ……！」

智恵子は深夜の役場のデスクの上で肢体を躍らせ始めながら、歓喜の声を強めていく。

（すげえ感じてるっ……）

拓也はもう少しだけ、強く指を出し入れさせた。

「いやあっ……あああっ……はあああ、だめっ、だめっ……ッ」

智恵子がデスクの端をつかんで背を浮かせたときだ。

「もうっ……だめっ……ああんっ、欲しいっ……た、拓也くん、お願いっ……私に入れてっ」

拓也は驚いて、目を見開いた。

あの優しい智恵子が、ついに淫らなおねだりを口にしたのである。

7

拓也は耳を疑った。

だが智恵子のとろけた表情から、発情がありありと伝わってくる。

呆然としていると、智恵子が神妙な面持ちを見せてくる。

「ごめんなさい、おねだりなんかして……好きにしていいなんて言ったくせに……でもね、拓也くんの愛撫がすごく気持ちよくて……、あなたのが欲しくてたまらなくなってしまったの。私なんかが初めてでもいいのなら……」

智恵子の言葉に、拓也は間髪容れずに答えた。

「いやなわけないです。松井さんみたいなキレイな人に、初めての相手になってもらえるなんて」

拓也はパンツもTシャツも脱ぎ捨てた。

異様なほどそり返った勃起の先から、ガマン汁が噴きこぼれていた。

同じ職場の智恵子に勃起を見られる恥ずかしさなど、初セックスの興奮の前ではどうでもよかった。

拓也が上に覆い被さると智恵子は緊張の面持ちで言う。

「ああ……きて……それに、私のこと、智恵子って呼んでいいからね……」

「ち、智恵子さん……」

拓也は勃起をつかんで、智恵子の股間に近づける。

（ああ、ホントに……ついに女の人と、ヤレるんだ……）

ごくんと唾を呑み、デスクに横たわる四十歳の人妻を凝視する。

Fカップはあるであろう巨大なふくらみから、くびれた腰つき、そしてお尻へと続く身体のラインは一級品だろう。

（初めてがこんなグラマーな奥さんだなんて……しかも地味だけど、かなりの美人で優しくて……）

改めて、最高の初体験の相手だと思う。

拓也はいきり勃つ勃起の根元を持ち、大きく開かせた脚の間に入り込み、濡れそぼるワレ目に切っ先を持っていく。

「あ……ここよ、ンッ」

智恵子が手を伸ばして勃起をつかみ、穴のところに導いてくれた。

先ほど指を入れた場所だ。

（こんな、狭いところにこんなに硬くなったモノが入るのか……？）

不安になりつつも、思いきって腰を送る。

「ンンッ」

軽く切っ先を押し当てただけで、智恵子の身体がビクッとした。

緊張しているのだ。

もちろん自分もそうだ。

思いきって亀頭部をとば口に押し込むと、濡れた入り口を押し広げる感覚があり、ぬるりと嵌まり込んでいく。

「は、入った……うわっ！」

初めて体験する女性の中は火照り（ほて）きって、ぐちゃぐちゃにとろけていた。

（とうとう僕は女の人と……セックスしたんだ……）

たまらぬ刺激に頭をクラクラさせながら、さらに奥へと挿入させると、

「あ、あンッ」

智恵子が大きく顔を跳ねあげた。

「ああん……は、入ってきたわ……拓也くんが……あっ、ああ……」

熟女が歓喜の声をあげつつ、一瞬だけ顔を曇らせた。

夫以外の男と身体の関係を結んでしまったのだ。清楚（せいそ）で純朴（じゅんぼく）そうな智恵子か

らすれば相当罪の意識が芽生えたことだろう。

だが申し訳ないが、そんな後ろめたさを感じている人妻に猛烈に興奮した。

少し落ち着いてきたら、ようやく感触がわかってきた。

狭くて熱くて、うねうねしたものがペニスを包み込んでくる。

「くううっ……き、気持ちいい……智恵子さんの中……あったかくて気持ちいいです」

名前で呼ぶと、智恵子は慈愛に満ちた表情を見せてきた。

「ごめんなさいね。初めてが……私みたいな年上で……ああん、私も気持ちいいわ……拓也くんのが奥まできて……あっ！」

智恵子がのけぞった。

拓也がググッと腰を入れたのだ。

「ああんっ、あああんっ……」

智恵子が今までにない、甘ったるい悲鳴を漏らす。

(すごいっ……あの優しい智恵子さんが、こんなエッチな顔してる)

もうだめだ。本能的に腰を動かした。

「ああ、ああんっ……お、おっき……ああん……」

智恵子の身体が激しく揺れる。

すると、大きなおっぱいが拓也の目の前で揺れ弾む。

こんなにおっぱいって揺れるのか。ますます興奮が募って、前傾して智恵子の裸体を抱きしめながら腰を使った。

性器と性器がこすれ合い、素肌と素肌が触れ合っている。

（これがセックスなんだ……匂いも感触も、いやらしすぎるっ……）

汗の匂いもセックスの匂いもいい。

おまんこの締めつけ具合もいい。燃えた。

燃えたぎって、さらに激しくピストンすると、

「ああんっ！　はあああっ……」

智恵子が甲高い声を放ち、向こうからもギュッと抱きしめてきた。

「ああ、智恵子さんっ……」

「拓也くんっ……んううんっ……」

愛を確かめ合うように、智恵子の唇が拓也の口を塞ぎ、口の中を積極的に舐めまくってきた。智恵子と激しくベロチューしながら突き入れる。

「むふうん……ううん……」

「んうん……ちゅぱっ……んんっ……」

貫かれていく智恵子の息が、ますますあがっていく。

やがて唾液まみれのキスをほどき、智恵子を真顔で見つめた。愛おしくてたまらなくて、すべてが欲しいと目で訴える。

「ハアッ……ハアッ……ち、智恵子さんっ……」

「ああんっ……ああんっ……ああっ……はああ……た、拓也くんっ……」

大きな目が潤んでいた。

細い眉はつらそうに折れて、眉間に悩ましい縦ジワを刻んでいる。

後ろで結わえた黒髪は、激しいピストンでいつの間にかほどけて、デスクの上で、ぱあっと乱れて広がっている。

拓也はさらに激しく突いた。

結合部が、ぬんちゃ、ぬんちゃ、とねばっこい音を立て、智恵子の激しい息づかいが拓也の息づかいに重なっていく。

そのときだ。いきなりペニスの先が熱くなった。

「くっ……」

拓也は慌てて唇を噛みしめる。

智恵子はハアハアと息を喘がせながら、見つめてきた。

「どうしたの？　出ちゃいそう？」

「は、はい……」

「初めてだものね……いいのよ。私の中に出してもいいから、好きなように動かしてみて」

智恵子の過激な言葉に拓也はドキッとした。

「で、でも……中に、だ、出しちゃったら……」

「心配しないで。私、元々できにくい体質だから……」

智恵子がギュッと抱きついて、キスしてきた。

（いいんだ……出してもいいんだ……）

智恵子の腰を両手でつかみ、さらに奥までがむしゃらに突いた。

「あっ！　ああっ、ああっ……そんな……だめっ……ああんッ！　き、気持ちいいわ……拓也くん、気持ちいい……」

智恵子の甘い声が耳に届く。

（僕でも、女の人を……こんな風に感じさせることができるんだ！）

もっと突いた。

ぐいぐいと突き入れるたびに、亀頭部の気持ちいい場所がこすれて、甘い陶酔(とうすい)感がふくらんでいく。

「あんっ、ねえ……拓也くん……ああんっ……いい、いいわ！」

智恵子の膣(ちつ)がギュッとペニスを食いしめてくる。

初体験の青年が、熟(う)れきった人妻の肉体にガマンできるわけがなかった。

「ああ……僕、で、出ちゃう……」

「ああん……い、いいわ……いいのよ、出して……」

その言葉が引き金になった。

最後は勝手に腰が動いていた。ぐいぐいと激しく出し入れしたときだ。

欲望が切っ先から爆発した。

熱い精液が、智恵子の体内に迸(ほとばし)っていく。

（ああ……女の人の中に放っている……僕、セックスできたんだ……）

全身が痺(しび)れるような快楽に包まれる。

あまりの気持ちよさに、拓也はガクガクと震えながらも、智恵子の中に注(そそ)ぎ入れるのだった。

第二章　出張先のホテルは相部屋

1

翌日は快晴だった。

真幌場の無人駅を降りると、春先の温かな風が頬を撫（な）でてきた。

歩きながら昨晩のことを思い出すと、どうにもニヤニヤしてしまう。

（すごかったな、あれがセックスか……）

まだ智恵子のぬくもりや感触が、身体のあちこちに残っている気がする。

右手の中指は、何回洗っても智恵子の愛液の匂いが取れず、今もちょっとツンとした匂いがするのだ。

「なんね、気色（きしょく）悪い。ニタニタして」

役場に着くやいなや、茶髪で派手な化粧をした女性が声をかけてきた。

確か、観光課の西田香織（にしだかおり）だ。

一昨日は総務課の歓迎会なのに「飲みたいから」と参加していて、酔っ払ってからまれた。元ヤンらしく、ちょっと怖い雰囲気があるけれど、わりと美人だ。メイクがうまいだけかもしれないが。

「い、いや、その別に……」

「ちょうどよかった。あんた、話があるねん」

「僕にですか？」

なんか面倒なことじゃないだろうなと身構えていると、浅黒い肌にムキムキの身体つきの強面が現れた。確か土木課の塚原という課長だ。

「おう、いたいた。香織ちゃん。なあ香織ちゃん。北里先生の会合、出てくれへんか？」

「ええ、またあ？　なんで私が行かなあかんの」

面倒くさそうに香織が頭をかいた。

「頼むて。あの先生、香織ちゃんが来ると鼻の下が伸びるでな。短いスカート穿いて酌してくれへんか」

「あの県議の先生、いやらしいもん。この前なんか、スカートの中に手を入れてきたって、思いきりつねったのにまだしつこく触ってくるし。いやや」

「それはアカンて。来年の公共工事の受注に関わるんやから」

話を聞いていると、どうやら県議会議員への接待らしい。

確かに香織は化粧が濃くてけばけばしいけど、わりと身体つきがよくて、コンパニオンにはうってつけな気がする。

今もタイトスカートは短くて、階段を上がったらパンティが見えそうだ。

「しょうがないなあもう。寿司鞍の特上握りでガマンしとく」

香織が折れた。塚原が笑う。

「なんなら愛人にでもなったらどうや。あの先生、わりと手当は出しよると思うで。研修とかいってハワイやらフランスやら行って、自慢げにマカデミアナッツとか買うてくるし」

「ハワイかあ。今、海外行くの高いから、ええかなあ」

「ウチの倅が取り持ってやってもええで。今は副村長やが、あいつはそのうち、もっと偉くなる。そしたらどんどん工事を取ってくるで、地元の建設業者もウハウハや。上納金も倍に増える」

「上納金って？」

香織が訊いた。

「ああ、香織ちゃんは課が違うから知らんのか。公共事業の受注金額を教えるから、その代わりに建設業者から実弾(じつだん)をもらっとくんや」

「ずっこいなあ」

「それも役場の特権やで。こんなの村の常識や」

ごっついヤクザと、レディースのとんでもない会話にしか聞こえない。ここが役場とは思えなくて、くらくらしてきた。

おそらく昭和の地方自治体は、こんな感じだったのだろう。

その悪習が残っているのだ。

「香織ちゃん、煙草(たばこ)吸うとるわりに肌もキレイやし、尻も大きくて安産型やな。先生はケツの大きいのが好みやて」

塚原が香織の尻を撫でた。

香織はそれを軽くあしらいながら、

「愛人ねえ……」

と、まんざらでもない顔をしていた。

はあ、とため息をついて、総務課に向かう。

総務課のデスクに着くやいなや、磯川課長に肩を揉(も)まれた。

「少しは、飲めるようになったのか」

「今日でまだ三日目です。無理ですよ」

暗い顔で言っても、磯川は気にせず豪快に笑った。

胸元の金色のごついネックレスが揺れている。

「少しずつ慣れるとええ。大丈夫や。知り合いの警察官に言って飲酒運転も目ぇつぶってもらうて」

「だめですよ、そんなの」

呆れて言った。

ここは本当に日本なのか。

「四月になったら、正式な歓迎会をやるから、せめてそれまでには飲めるようにしとかなアカンで」

「え？　正式って……」

「全課合同でやるんや。それと、月一の懇親会もあるし」

「ツ、ツキイチ……？」

顔を強張らせていると、また肩を揉まれた。

あてて、と顔が歪む。

「人間関係を重視するからこそ、飲み会を多く企画しとる。ええ職場だろうて」

磯川は口の端で笑い、自分のデスクに戻っていく。

席に着く。智恵子の姿はなかった。

(ど、どんな顔して会えばいいんだろう)

緊張していると、菊池さんがやって来た。

「ごめんねぇ。悪いけど、資料をプリントしてほしいんだわ。人数分」

「プリントですか？」

最近のペーパーレス化などどこ吹く風だ。ＰＤＦをメールで送ったらどうかと提案しようとしたら、菊池さんが薄いカードを差し出してきて、ギョッとした。

(え？　まさかこれ、フロッピーディスク？)

慌ててパソコンを見る。

古いデスクトップパソコンの横に、得体の知れない大きな箱がある。なんだろうと不思議に思っていたのだが、確かにフロッピーディスクを読み取る機械だ。

(げ、現役か？)

よく無事に生き抜いてきたな、と感動ものである。

「まあ、わかんなかったら、その都度訊いて」

それだけ言い残し、菊池さんも忙しそうに戻っていった。

だめだ。

ここは二十世紀で時が止まっている。

賄賂に飲酒運転にフロッピーディスク。絶対に令和じゃない。

またまた頭が痛くなってきた。

「あのー、結城さーん」

呼ばれて振り向くと、茶髪の若者が立っていた。

チャラチャラした軽薄そうな男だ。沢木と名乗った気がする。

「結城さん、前職ってIT系っすよね。ウチの村のホームページ、ちょっと手伝ってもらったりできません？」

ようやく令和にアップデートできる人間が現れ、ホッとした。

「いいけど。じゃあ、パスワードとIDを教えてもらえれば」

「……いや、俺、そういうの、わかんないっすから」

あっけらかんと沢木が言う。

「は？」

「いや、誰かが持ってると思うんすけど、俺、ホームページ触ったことなくて」

「え？　じゃあ誰が更新してるの？」

「更新？」

沢木が首をかしげた。

まさかと思い、慌ててパソコンで村のホームページを見た。

最新ニュースが五年前で止まっていた。

2

次の週。

拓也は真幌場駅のホームのベンチにいた。

（富山かあ。三月は寒いだろうな、まだ）

天気予報では、夜は雪になると言っていた。日帰りだからなるべく早く帰ってきたいと思うがどうなることか。

スマホで帰りの新幹線の時刻を見ていると、

「結城さん」

と、声をかけられて顔を上げる。

厚手のコートに身を包んだ、新入社員のような初々しい女性が目の前に立っていた。

（おお、やっぱり可愛いな、この子……）

観光課の白石陽菜である。

二十四歳。大阪の大学を卒業してから、すぐに真幌場村に戻って公務員になったという村をこよなく愛する地元の子である。

「お、おはよう」

「おはようございます」

彼女はツンケンしながら、目も合わさずにベンチの端に座った。

（まいったな……まだ怒ってるのか）

いきさつはこうだ。

先週、香織に呼ばれて観光課に行くと、真幌場村も観光に力を入れようと言われ、何をするべきかと話し合いになっていた。

「真幌場村はいいところだし、ご飯も美味しいから、B級グルメとかのイベントに積極的に出るべきです」

陽菜が興奮気味に言うが、拓也は弱いと思った。

真幌場村は教育に力を入れていると謳っているが、正直、それほど特徴がある村でもない。わりと若者が移住しているらしいが、それは企業の工場がいくつかあるからだろう。拓也の番になった。

「SNSとかYouTubeとか使ってPRしたらいいんじゃないですか。そんなにマンパワーもかからないし、低コストだし」

今時珍しくもない話をしたら、観光課のおじさんたちに、

「それは斬新だ」

と、やたら褒められた。

しかし陽菜はおかんむりで、

「そんな小手先のことではだめですっ。人を使って、もっとちゃんといろんなところに行ってPRしないと」

と熱く語り出して、対立してしまったのだった。

そんな中、富山の小さい村がSNSの口コミをうまく利用して、観光客を増やしているというので視察に行くことになり、陽菜と観光課の山崎課長、そしてなぜか総務課の拓也もひっぱり出された、というわけである。

（いや、しかし、こんな状態で二時間、電車に乗っていくのもなあ）

観光課の山崎課長とは途中で合流する。

それまでは、明らかに不機嫌な陽菜とふたりきりだ。可愛いからうれしいけれど、気まずいムードに耐えられそうもない。

「あの……白石さんも、ＳＮＳとか使うんでしょ？」

とりあえず、なんで怒っているのか探ることにした。

可愛い子に声をかけるのは勇気がいるが、嫌われているんなら、割り切って話しかけられる。

彼女はじろりと睨んできた。

「私、ＳＮＳとかキライです。匿名で悪口ばっかり言い合ったり、適当なデマを流したり」

なるほどＳＮＳ嫌いか。今の若者の中にも増えてきているらしい。

でもそれだけで、こんなに嫌われるものだろうか。

「それはわかるけど……でも今は、ＳＮＳばっか見てるって人も多いし、わざわざ物産展とか行くよりもタイパが……」

「タイパ？」

「知らない？　タイムパフォーマンス。若い人も使うでしょ。タイパを感じられない無駄な飲み会に行かないとか、タイパを考えて打ち合わせは対面じゃなくてリモートで、とかさ」

タイパは前の会社でも散々言われたことだった。

確かに無駄なことに時間はかけたくないと、拓也も思う。

「それって、楽しいんですか？」

陽菜が呆れたような顔をした。

「楽しいとか、楽しくないとかじゃなくて、そういう時代だから」

「もういいですっ」

陽菜は、フンとそっぽを向いてしまった。

（珍しいなあ、若いのに。今の子は効率のよさばっかり気にしてるのに）

レストランは誰かのレビューを見て決めて、映画やドラマも早送りにして半分の時間で見る、なんて若者も多いのだ。

（この子、若いのに珍しく考え方がアナログなんだよなあ……可愛いのに、ちょっと面倒くさいところがなぁ）

黒髪ショートヘアの似合う丸顔で、くりっとした目が愛らしい。

つり目がちな猫のような目が意志の強さを感じさせて、凛とした清廉な雰囲気もある。

イメージとしては、活発なスポーツ少女みたいだ。それでいて可憐さと匂い立つような清純さも漂わせるのだ。

電車が来たので、ふたりで乗り込んだ。

田舎の単線は今どきボックスシートで、陽菜と向かい合う形になる。

控(ひか)えめな長さのタイトミニスカートがまくれ、パンティストッキングに包まれた太ももが見えている。

タイトミニから覗(のぞ)く太ももは、若々しさを誇るように、たくましく張りつめていて目がどうしても吸い寄せられてしまう。

陽菜がコートを脱ぐと、ますます「おっ」と思った。

彼女が下に着ていたのは、紺のジャケットと白いブラウスだった。

悩ましい胸の丸みがくっきりと浮き立っている。身体自体は痩(や)せているから、おっぱいの存在感がすさまじい。横から見るとまるでロケット砲だ。

通路を挟(はさ)んで反対側のボックスシートに座る男子高校生たちが、陽菜の胸元を食い入るように見ている。

（そ、そりゃ見るよな。これだけ威張(いば)ったおっぱいしてるんだから）

美少女で巨乳。最高の組み合わせだ。

(カレシとかいるんだろうな)

そんなことを思いつつも、なんで自分がここまで嫌われているんだろうと、拓也は首をかしげるのだった。

3

富山に着いてイベントが終わるまで、陽菜とはずっと険悪なムードだった。

というよりも一方的に嫌われているから、こちらがご機嫌をとろうと話しかけても、必要最低限の答えしか返ってこない。ずっと針のむしろであった。

観光課の山崎課長は合流したものの、

「私はインターネットのことはよくわからんから」

と終始こちらに視察をまかせて、取材中もずっと愛想笑いだった。しかも用事があるからと言って、途中で帰ってしまったのだ。

それで結局、陽菜とほとんど会話もしないまま、イベントの視察を終えてふたりで駅に向かっていた。

ところがだ。

急に吹雪いてきて大丈夫かなあと思っていたら、駅に着いたら特急が止まっていた。駅員に訊いても、いつ運転を再開するか未定とのことで、まったく悪いことは重なるものである。

「どうしようか。夕飯もまだだし、回転寿司でも行ってみる？」

どうせ乗ってこないだろうなと陽菜に提案したら、

「いいですけど……」

と意外にもＯＫが出たので拍子抜けした。

スマホで駅前のチェーン店を探し、吹雪の中を歩いて店の中に入る。

かなり混んでいたが、カウンターがちょうど二席空いていたので、陽菜とふたり、並んで座る。

「私、日本海のお魚って、食べてみたかったんです」

おしぼりで手を拭きながら、陽菜がうれしそうな顔で言った。

「僕も初めてだから楽しみだよ」

機嫌が直ったかなと同調すると、彼女はハッとした顔をしてから、また不機嫌そうに、ふんと鼻をそらす。

（なんなんだよ、もう……）

と思いつつも心の中で苦笑してしまう。

おそらく元々の性格は明るくて、とてもいい子なのだろう。

役場でも、職員みんなに可愛がられているのがよくわかる。

並んで座ると彼女の横顔にドキッとした。

桃のようにつるんとした頬や、驚くほど白く細い首、可愛いけど健康的な色気もあって、ますます拓也は彼女の容姿に惹かれていく。

難点と言えば、少々頑固な性格だろうか。

彼女は、レーンを流れてきた鮪と鰤の皿を取って「美味しそうっ」と、弾けるような笑顔で鮪の握りを頬張った。

「んーっ！　美味しいっ！」

満面の笑みを見せられると、こっちもうれしくなってしまう。

拓也も頼んだイカや鰤の皿を取って、まずはイカから箸をつける。

「おーっ、身がぷりぷりだ」

「でしょう？」

陽菜がうれしそうに言う。

（なんて可愛いんだよ）

美味しい物を食べると、本音が出るというがまさにそうだ。

彼女の魅力的な笑顔を見ていると、なんだか高校生のときの初恋を思い出してしまって、キュンとした。

次は何を食べようかと流れてくる皿を目で追っていると、

「私、ビール」

と陽菜が店員に勢いよく声をかけたので驚いてしまった。

「白石さん、普段も飲むの？」

何気なく訊くと、彼女はまた不機嫌そうな顔をして、

「飲みますよ。悪いですか？」

と挑発的に返してきた。

「いや悪くないけど……」

彼女は店員が運んできた生ビールのジョッキを、ごく、ごく、と喉を鳴らして、一気に半分くらい飲んでしまった。

「あー、美味しい！」

今度はニコニコ顔だ。表情がころころ変わるのは面白いけど、やっぱり不思議だった。

（なんであんなに怒ってたんだろ……そんなに嫌われるようなことしたかなぁ）

でもこうしてご飯は一緒に食べている。

まったく不可解な子だと思いつつ、窓の外を見た。

ゴーゴーと音が聞こえてきそうなほど吹雪いている。どうやら吹雪は止むどころか、ますますひどくなっているようである。

（これはやばいかな……）

早めに店を出たが、吹雪で前が見えなくなっていた。

慌ててすぐ地下道に降りてそのまま駅に向かったのだが、遅延どころか、まさかの全面運休になっていて、拓也と陽菜は顔を見合わせた。

「困ったな、この吹雪じゃタクシーも無理だろうし」

拓也はコートについた雪を払いながら言うと、陽菜が手を叩いた。

「あっ、そうだ。漫画喫茶があったから、そこで始発を待ちましょうか？」

「そうか。そういうのがあったな」

ところがだ。

行ってみたら満席だった。

同じようなことを考える人は多いものだ。

「まいったな……」

店員に訊いたら、カラオケ屋も満室だろうとのことだ。

選択肢がなくなってきて拓也は焦った。

いよいよ陽菜も不安な顔を見せていた。

「あとはビジネスホテルとかですかね。駅前にいくつかありますから」

店員に言われて、拓也は陽菜を見た。

別々の部屋を取ればいいのだから何の問題もないけど、なぜかふたりっきりで泊まるということに、ドキドキしてしまったのだ。

陽菜も同じことを考えていたのか、ちょっと頬を赤らめている。

「じゃ、じゃあ……手分けしてホテルに電話してみようか」

陽菜は「えっ」と、意外そうな顔をしたので、拓也は慌てた。

「も、もちろん別々の部屋だから」

そう言うと、陽菜は「あっ」という顔をして、真っ赤になってうつむいてしまった。やはり彼女も意識していたのだ。

(でも、カラオケ屋でさえ全滅なのに、ホテルの部屋なんか空いてるのかな)

案の定だった。ホテルにいくつか当たってみたものの、すべて満室だ。そんな中で、駅からちょっと離れたビジネスホテルに電話したときだった。

「ひと部屋なら空いてますよ。ツインで、わりと広いですからおふたりでも泊まれます」

「ツイン……ひと部屋……」

つぶやきつつ、陽菜を見る。

陽菜はきょとんとして、目をパチパチさせている。

「ひ、ひと部屋だけ空いてるって……ツインでわりと広いらしいけど」

「えっ……」

陽菜の顔が強張った。

まあ当然だよなあと、拓也は頷いた。

「あ、あのさ。白石さん、ここに泊まりなよ」

「でも結城さんは？」

「ひとりなら、なんとでもなるからさ」

そう言って、拓也は電話で部屋を取った。とりあえず陽菜だけでも温かいところに移動させられる。ホッとした。

「よかった。なんとかなって」

拓也の言葉に陽菜が心配そうな目を向けてくる。

「でも、他に空いてるところ全然ないんでしょう？　結城さん、どうされるんですか？」

「なんとかなるって、大丈夫だよ」

そう返すと、陽菜は少し考えてから、ぽつりと言った。

「……あの……絶対に……私に何もしないって、誓えます……？」

「は？」

陽菜に消え入るような声で言われて、拓也はしばし呆然としてしまった。

4

（お、お、落ち着け……落ち着けって）

部屋の中央にふたつのシングルベッドがあった。

味も素っ気もないごく普通のビジネスホテルのツインルームだが、この部屋で陽菜と相部屋で一泊するんだと思うと、急にムーディな部屋に見えてきた。

ちらりと陽菜を見る。

彼女はずっと恥ずかしそうにうつむいている。

拓也がコートと上着を脱ぐ。

同じように陽菜もコートとジャケットを脱いだ。

白いブラウスとタイトミニスカート姿だ。その格好を見ただけで、拓也は息を呑んでしまう。

(白ブラウスのおっぱいがすごい。ふたりきりになると余計に意識しちゃうよ)

何度見ても悩ましい胸元だった。

しかも腰のところはキュッとくびれている。小柄だがスタイルのよさがうかがえた。

「あ、あの……ハンガーにかけます？」

陽菜が手を伸ばしてきた。

「……あ、ああ。ありがとう」

拓也は居心地の悪さを感じながら手前のベッドに座る。

彼女も隣のベッドに座った。

パンティストッキングに包まれた太ももがちらりと見えた。

やはりムチムチで色っぽい太ももだ。

思わず唾を呑み込んでしまう。

「あ、あの……お茶でも淹れましょうか」

彼女が立ち上がり、部屋にあったポットを用意しようとした。

「い、いいよ。大丈夫だから」

遠慮がちに言えば、陽菜はまた離れてベッドに座った。

（ど、どうしよう……）

着替えてベッドに入ればすむことだった。

別にシャワーを浴びなくても……と思ったけれど、彼女はどうするだろうかと考えてしまう。

（僕は浴びなくてもいいけど、彼女は浴びたいだろうな。ということは、この薄壁の向こうで、白石さんが素っ裸になるのか……）

そんな妄想をしていたときだ。

「あの……シャワーを」

陽菜が言い出したので、

「えっ！　あ、ああ、いいよ」

ついつい大きな声を出してしまい、陽菜に眉をひそめられてしまった。

陽菜は顔を強張らせたまま、クローゼットにあったホテルの薄いパジャマを胸に抱えて、足早にバスルームに入ってドアを閉めた。

（まずったなあ……でも、今……この壁の向こうで服を脱いでるんだよな……）

いてもたってもいられなくなり、ベッドに乗って壁に耳を近づけた。

水の流れる音が聞こえてくる。

（今、どこを洗っているんだろう……胸か、お尻か……）

湯気の中に美少女の裸体がある。

シャワーの飛沫が、大きな乳房から細い腰、そしてヒップへと流れていく。

（うう、やばい。想像したら本格的に勃ってきた）

ズボンの股間が歪なテントを張ってしまう。

（お、おさまれ……まずいぞ……）

そう思って、何か別のことを考えるのだが、シャワーの音がどうしても耳に入ってきてしまう。

これはまずいと、拓也は財布を持って部屋を出た。

同じフロアに自動販売機があったはずだ。そこまで行って缶ビールとコーラを買い、用もないのに館内図を見たり非常口を確認したりして部屋に戻る。

ちょうど陽菜がバスルームから出てきたところだった。

髪の毛をタオルで巻いて出てきたパジャマ姿の陽菜は、顔を上気させて全身から甘い匂いを漂わせている。

「先にごめんなさい。どうぞ」

陽菜が強張った顔を向けてくる。

別に入るつもりはなかったのだが、陽菜に勧められて入ることにした。

浴室はもちろんまだ濡れている。

陽菜の残り香に興奮しながらシャワーを浴び、パジャマに着替えてドアを開けると、陽菜が待っていたかのように話しかけてきた。

「あの、冷蔵庫のビール……飲んでもいいですか？　お金は払いますから」

陽菜のために買っておいた訳だから、「もちろんいいよ。お金はいいから」と、五百ミリリットル缶を渡す。

陽菜はプルトップを開けると、豪快にビールを喉に流し込んだ。

「ああ、美味しいっ」

彼女は目をつむってから唸るような声をあげる。

本当に美味しそうだった。拓也もコーラを飲んで、同じように「くうう」と唸ると、陽菜がクスクス笑った。

（可愛いよなあ。湯上がりが色っぽくて……）

陽菜はすっぴんでも美人だった。

というか、メイクを落としたはずだが、ほとんど変わらないので驚いてしまった。

メイクをしていないと、さらに幼い感じがする。

シャワーを浴びて、そしてビールを飲んだら、陽菜はだいぶリラックスしてきたようだ。思いきって訊いてみた。

「それにしても、どうして僕のことをそんなに敵視してるのかな」

陽菜から笑顔が消えて、難しい顔になる。

「……結城さん、S市の刺客でしょう？」

四角？　少し考えてから「刺客」だとわかった。

「し、刺客？　僕が？」

陽菜は真顔で頷いた。

「そうです。結城さん、村役場をIT化して、職員たちの仕事を奪おうとしてるんでしょう？　S市との合併の前段階として」

拓也は想像したこともないことを言われて、目をぱちぱちさせる。

「そんなこと思ったこともないよ。役場に採用されたのは母親のコネだし。ＩＴ化って言ってるのは、もっと仕事しやすい環境にしたいと思ってるだけさ」

「ウソです。あんなに仕事のできるエリートが、こんな田舎に来るわけないんです」

エリートなんて初めて言われた。

「いや、エリートなんて全然違うから」

「お願いです。合併をやめて……真幌場村を残してもらえませんか？」

うるうるした目で訴えられた。

だめだ。完全に誤解しているようだった。

「いや、ホントに違うって……というか、白石さんはどうしてそんなに真幌場村存続を願っているの？」

「だって……好きなんです、この村が」

ストレートに言われた。

「そ、それだけ？」

「それだけって……私、生まれも育ちもずーっとこの村で……みんなが、この村を守るためにすごく頑張って戦ったのを知ってるんです」

「戦った？　残すために？」

「はい。だから……村から手を引いてください」

完全なる勘違いだ。拓也は頭をかいた。

「手を引くも何も……」

「だめですか？」

彼女がこちらの話など無視して、身を乗り出してきた。

（うわっ、うわわわ……）

陽菜のパジャマの緩い襟元から、白い谷間が見えた。

拓也は慌てて目をそらした。甘い石けんの匂いがする。

「だ、だめとかそういうことじゃなくて、そもそも……」

「わかってます。ただでとは言いません」

陽菜がきっぱりと言った。

そして、ベッドサイドの小さなテーブルに缶ビールを置くと、すっと立ちあがって、ベッドに座る拓也の目の前に立った。

（いきなり、な、なんだ？）

拓也が訝しんでいると、陽菜はハアッと大きくため息をついた。

そして、顔を赤らめつつ、自分のパジャマのボタンをゆっくり外し始めたのだ。

（へ？）

なんだ？　何が起こっているんだ？

呆気にとられている拓也の前で、陽菜はうつむきながらも次々とボタンを外していく。

ちらりと白いブラジャーが見えて、拓也の息は止まった。

陽菜はこちらを見て、噛みしめていた唇をほどく。

「わ、私のこと……ちらちら見てましたよね。いやらしい目で……」

「え？　い、いや、そんな、いやらしい目でなんて……」

本当は見ていたから、強く否定できなかった。

陽菜が続ける。

「だからもし……私の身体に興味があるなら好きにしていいです、私のこと……でもその代わり、村からは手を引いてください」

「い、いや、そんな……あっ！」

それ以上、声が出なくなった。

陽菜がパジャマのボタンをすべて外してしまい、前を開いたのだ。

拓也は目を見張った。

白いブラジャーは細やかなレース模様の可愛らしいデザインだ。

そのフルカップブラが、重たげなふたつのふくらみを包み込んでいる。あまりの胸の量感でブラがはち切れそうになっていた。

（なっ！　で、でっか……）

ショートヘアの美少女には似合わない巨乳である。

陽菜はパジャマの上を脱ぐと、そっとベッドの上に置き、さらにパジャマの下にも両手をかけた。

（お、おい、本気か？　本気で全部脱ぐのか？　こんな可愛い子が……）

可憐な美少女が、目の前で羞恥のストリップをしているのが信じられない。

白い肌はピンク色に染まり、膝が震えている。

その震えを抑えようと、太ももをぴったりとくっつけて、にじり合わせているのが、なんとも健気だ。

（は、初めてなんだろうな。男の前でこんな風に服を脱ぐのなんて……いや、そもそもこの子は経験があるんだろうか……）

どう見ても、彼女は田舎育ちの純朴な子で、男の前で自分から服を脱いでヌードをさらすような子ではない。

陽菜はちらりと拓也を見てから、せつなげな深いため息をつき、パジャマをズリ下げ始めた。

拓也の目の前で膝と腰を折り曲げて中腰になり、一気に膝のあたりまで薄いパジャマを下ろしていく。

（うおおおおっ……）

拓也は胸奥で嬌声をあげる。

ブラとおそろいの純白パンティだった。

細やかなレースがちりばめられていて、可愛らしくて可憐なデザインの白いパンティだが、その小さなパンティではおさまりきらないほど、意外に下腹部やヒップの肉づきがよくて艶っぽかった。

（す、すごい……）

純白レースのパンティとブラジャーだけになった陽菜はまさに天使で、神々しいほど美しい。

ショートヘアの似合う丸顔で、大きな目の可愛いタイプだけど、脱がせてみれば清純なだけでなく、匂い立つような大人の色香も持ち合わせていた。

「も、もっと脱ぎましょうか？」

陽菜は下着姿で、両手で胸や股間を隠しながら、挑発的な台詞（せりふ）を口にする。

（震えてるじゃないか……）

いたいけな少女が、自分の身体を差し出してきたことに、ひどく興奮してしまった。

「も、もういいから……そのままベッドに寝て……」

気がつけば、自分でも信じられないことを口走っていた。

拓也の言葉に陽菜は身体を強張らせつつも、小さくコクンと頷いて、ベッドの上に仰向けになった。

5

（だ、だめだ。こんなことしてはだめなのに……）

陽菜は完全に勘違いをしている。

それにつけ込んで、身体を奪おうなんて卑劣（ひれつ）すぎる。

だが……。

美少女の純白の下着姿は、あまりにいやらしかった。

華奢で小柄な体躯に似合わず、陽菜の胸はたわわなふくらみを見せ、太ももは全体のバランスからして、逞しすぎるほどにムッチリしていた。

ショートヘアの美少女は、短パンやブルマが似合いそうな、健康的な色香を発するスポーツ少女のようで、ぷにぷにとした触り心地が見ているだけで伝わってくる。

（さ、触ってみたい……ちょっとだけでも……）

漂ってくる若い女の子の柔肌の匂い……恥ずかしそうに唇を噛んでガマンしようとしている陽菜の被虐的な表情……たまらなかった。

拓也は陽菜のブラジャーの上から、胸のふくらみをギュッとつかんだ。

「んっ……！」

とたんに陽菜はギュッと目をつむり、顔を横にそむける。

（ぬわっ、なんだこのおっぱいの揉み心地は……）

ゴム鞠のように指を押し返してくる若さあふれる弾力に、拓也は陶然となった。

今度は裾野の方からすくいあげていく。すると、ブラのカップがズレてわずかに乳首が見えた。

　透き通るようなピンク色だ。

　それを見て、ますます興奮しながら、ちらりと陽菜の表情を盗み見る。

「ううっ……」

　恥ずかしいのだろう。

　陽菜はさらにギュッと強く両目をつむり、小さくイヤイヤと首を横に振っていた。

「す、すごい……おっぱいおっきいね……」

　緊張をほぐそうと何か言わねばと思い、ついつい口に出してしまった。

　しかし、逆効果だった。

　陽菜の顔が真っ赤に染まり、キッと猫のような目を吊りあげて睨んできた。

「い、言わないでください。いやなんですから……」

「いやなんて、そんな」

　さすがに「もったいない」と口にするのはやめた。

　その代わりに両手で双乳をすくいあげて、いやらしく揉みしだくと、

「うっ……うう……」

と、陽菜はまた、つらそうに身をよじる。

（やっぱり初めてなのかな……でも……）

いやがっていても、女体が熱っぽくなっているのが、はっきりと手のひらを通して伝わってきた。

汗の匂いも甘酸っぱさが強くなっていくようだった。

（いやがってはいても、少しは感じているのかな）

拓也は胸を揉んでいた手を、陽菜の下半身に持っていく。

「あっ……」

陽菜が小さく声をあげた。

拓也の手が、パンティ越しにヒップを撫でたからだった。

（お尻は大きくはないけど、ぷりんぷりんだ……）

官能的な丸みに拓也は唾を呑み込み、今度は尻丘をギュッとつかんで、揉みしだくと、

「あっ……ああ……」

陽菜は恥じらいの声を漏らして、脚を震わせる。

初々しすぎる反応だ。拓也はさすがにこのまま続けていいのか迷った。

「す、好きなようにしていいなんて……ホントはいやなんだろ？」

逃げてもいいぞ、と助け船を出したつもりだった。

だが顔を赤くしたまま、陽菜は挑むような表情で勝ち気に言い返してきた。

「べ、別に……これくらいなんともないですから」

強気な言葉とは裏腹に、可哀想なくらい脚が震えていた。

（強がりが可愛い。わかりやすい子だなあ）

ならばと、さらに強くヒップを揉みしだく。

「ああっ……！」

すると、陽菜は悲痛な声を漏らして、黒目がちな目を涙で潤ませ始めた。

「い、いやなんだろ？　今ならやめても……」

「いいえ」

ショートヘアの美少女が、きっぱり言った。

「こんなのたいしたことありませんから……約束してくれるなら……」

そう言って、陽菜はくるりとうつぶせになって、拓也に背を向けた。

何をするかと見ていると、陽菜は両手を自分の背に持ってきて、震える指でブラジャーのホックを自ら外したのだ。

陽菜は汗ばんだ頬を手の甲で拭う。

そして、両手を交差させてブラカップを押さえながら仰向けになった。

続けて顔をそむけながら、ゆっくりブラジャーを外していく。

美しいお椀型のおっぱいが露わになった。

「なっ……す、すごい……」

思わず唸ってしまった。

それほどまでに、陽菜のおっぱいが神々しかったのだ。

大きさもすさまじいが、まるでロケット砲のように突き出ていて、仰向けでもまったく垂れていない。見事な美乳だった。

しかもである。

乳輪も乳首も、色は透き通るようなピンクだった。

「ど、どうしたんですか。私の……お、おっぱいに触らないんですか？」

陽菜は顔をそむけながら、挑発的な言葉を続ける。

「さ、触るさ……」

もう可哀想なんて思えないほど、拓也は欲情していた。

汗ばんだ右手で陽菜の乳房をむぎゅっ、とつかむ。

「あンッ」

意外にも、陽菜は女らしい甘い声を漏らして背を浮かせた。

(か、感じやすいんだな……この子)

まだ青いつぼみのように清純な女の子が、大人っぽく感じた表情や声を露わにしたことで、そのギャップにさらに燃えた。

むぎゅ、むぎゅ、と揉みしだけば、

「あっ……あっ……」

と、彼女はうわずった声を漏らして、身をよじる。

反応が色っぽいし、可愛らしい。拓也はハアハアと息を荒らげて、目の前の乳首に吸いついた。

「あああんっ……」

陽菜はますます色っぽく喘ぐ。

パンティ一枚の下半身が妖しくよじれ、全身で感じていることを伝えてきていた。

(この子……反応が、い、色っぽすぎるだろっ)

二十四歳とは思えぬ大人の色香に、拓也は完全に理性を失い、美しいおっぱいをヨダレまみれにするほど、むしゃぶりついてしまう。

「い、いやああん……ああんっ……はああっ……」

抗（あらが）いの声を響かせるも、ハアハアと陽菜の息があがってきた。

甘酸っぱい汗の匂いも強くなり、パンティ一枚の悩ましい肢体（したい）が熱く火照（ほて）ってきている。乳首もちゃんと硬くなってきた。

（本気で感じてるぞ……）

ますます昂（たか）ぶり、こちらも夢中になって乳首を吸い立てる。

「ああんっ……いやっ……いやっ……」

陽菜は嫌がるものの、そむけた顔が欲情にとろけていくのがはっきりわかる。

ならばと、最後の一枚となった白いパンティの、中心部のクロッチ部分を指でなぞると、

「い、いやあっ……！」

さすがに陽菜が焦った顔を見せる。

だが、肉づきのいい太ももは、先ほどまでぴったり閉じていたはずなのに緩んでいた。

女の本能が触ってほしいと伝えているのだ。

拓也は夢中になって、パンティの上からワレ目部分を指でいじった。

「ああんっ……だ、だめっ……」

陽菜は身体をよじるも、指の動きに合わせて、びくっ、びくっ、と震え始めた。ハアハアと呼吸も色っぽくなっている。

恥ずかしいのに、女体は欲情し始めたようで、陽菜も戸惑っているようだった。

あれほど頑なだった顔も、今は眉間に悩ましい縦ジワを刻み、女の感じた表情を見せてきている。

(い、いける……女の顔になってきた……)

拓也がいよいよパンティのサイドに手をかける。陽菜がその手を押さえつけてきた。

「だ、だめっ……や、やっぱり……」

「ここまできて、だめはないよ」

拓也はぴしゃりと言い放ち、強引にパンティを下ろして爪先から抜き取るやいなや、陽菜を卑猥なM字開脚にした。

「ああ、いやっ……いやあああ！」

陽菜が必死に抵抗するも、小柄な女の子の力ではどうにもできない。

無残にも大股開きで押さえつけられ、無防備なおまんこをさらけ出した。

拓也は凝視したまま、あんぐりと口を開けてしまう。

陽菜の女の園はほとんど毛がなくて、淫唇が剝き出しになっていた。

清らかな花びらが可憐すぎて言葉を失ったのだ。

（こ、これは……マジで男を知らないんじゃないのか？）

だめだ。

こんな美しい色艶のおまんこを見せられて、拓也の理性は吹き飛んでしまった。

拓也は自分のパジャマのズボンとパンツを下ろし、派手に勃起したイチモツを近づける。

「あああ！　だ、だめっ」

陽菜は拓也の欲望を見るなり、逃れようとベッドを這いずった。

拓也は彼女を背後から捕まえて組み敷き、ヒップに勃起を押しつける。

寝バックの体勢だ。

「し、白石さん。い、入れるよ……約束通り……す、好きにするから……」

「だ、だめです、いやあああっ、こんなの、こんなのいやあああ！」

ついに陽菜が泣き叫んだ。

号泣していて、さすがの拓也も、ハッとして力を抜いた。

したくてたまらなかったが、これはもう無理だ。

ため息をつき、拓也は陽菜から離れて、ベッドの端に座る。彼女はベッドに座ったまま、小さく嗚咽（おえつ）を漏らしていた。

「ご、ごめんなさい……」

彼女がしおらしく言って、頬の涙を拭った。

「い、いや、こっちこそ……ごめん……我を忘れてしまって……」

陽菜は首を横に振ると、泣き顔をこちらに向けてきた。

「もう少し呼吸を整えたら……」

「いや、もういいよ。あのさ、信じてないみたいだけど……ホントにS市とは何の関係もないんだよ。昔、東京のＩＴ会社にいて、そこで仕事ができなくてクビ同然で辞めて、地元に戻ってきただけだから」

あまり言いたくなかったが、こうなってしまったら隠していてもしょうがない。

「じゃあ……真幌場に来たのって……」

「母親のコネがあっただけで、本当はどこでもよかったんだよ。調べてもらえればわかるから」

「じゃあその……役場のＩＴ化とか……」

「働きやすい環境にしたかっただけなんだって。ホントだよ。それこそ約束してもいい」

「……ホントですね」

陽菜が真剣に見つめてくる。

拓也は頷いた。

ふたりで乱れたベッドの上を直してから、ベッドに並んで座った。さすがにこのまままた押し倒すようなことはできなかった。

「ね、寝ようか。明日早い時間に富山を出て、そのまま役場に行くから」

「……はい」

陽菜はホッとしたような顔をしてから、窓際の方のベッドに移動して潜り込んだ。

（素直だなあ。また襲われるとか思わないのかな？）

呆れるものの、そんな純朴さがたまらない。

拓也もベッドに入ったものの悶々(もんもん)としてしまい、今さら後悔した。

(もしかしたら……ちゃんと手順を踏んだら、セックスできてたのかなあ)

このへんが恋愛経験不足なのだろう。

寝ようと思ったけれど、やはり陽菜が隣で寝ていると思うと、目がさえてなかなか眠れなかった。

正直、何度かベッドに潜り込んでみようかと思ったが、さすがにやめた。

そんなことを悶々と考えていたら、空が白み始めていた。

第三章　淫らな人妻テレワーク

1

週末は、春らしい陽気で気持ちのいい朝だった。

「拓也、あんた、お昼どうするの」

階下から母親の声が聞こえてきた。

（お昼？）

机の上の時計を見る。

十二時をとうに過ぎていた。いきなり休日を半分損した気持ちになった。

（昼まで寝ちゃったか。この前の寝不足がたたってるなあ）

観光課の白石陽菜。

あんな可愛い子が一緒の職場にいたなんて。拓也はかなり彼女のことが気になり始めていた。

最後までできなかったことが悔やまれて仕方がない。

（だけどなあ……泣いてたしなあ……）

そんなもやもやした気分のまま、階段を降りてリビングに行く。

「あんた、食べるならうどん茹でるけど」

母親が丼を置いて言った。

「サンキュー」

席に着き、母親がキッチンでうどんを茹でる姿をカウンター越しに見る。

東京から出戻ってきた二十八歳の独身男が、実家暮らしというのはいかがなものか。

とはいえ、実家を出てひとり暮らしをするというのも面倒だ。

（あ、そうだ）

思い出して、拓也はスマホで真幌場村のことを調べ始めた。

市町村のことを調べた情報サイトを見ると、

「周辺自治体からの合併話が多い中、村内の教育機関の維持という観点から自立を保っており、明治の町村制施行以来、一度も合併を行っていない」

なるほど、やはり教育に力を入れているらしい。

あんまり詳しいことが書かれていなかったから、役場のホームページを見た。

先日、五年ぶりに更新したホームページだ。

そこにも、たいしたことは書かれていなかった。

排他的な村社会、濃密な人間関係、前時代的な職場環境に、癒着や賄賂の横行……当然書かれてはいないけど、拓也がこの村で経験したことだ。

(やっぱおかしいよな、あの村)

そんなことを思いつつ、うどんをすすっていたら電話が鳴った。

番号を見ると宮内からだった。以前に無理矢理に番号交換させられたのだ。

「もしもし」

いやいや出ると、

「あ、結城さん。ごめんねー、休みの日に」

と、全然申し訳なさを感じさせない脳天気な声で言われた。

「なんですか」

「あのさあ、お願いがあるんだけど」

「アライグマ退治とかはやりませんよ」

「やだなー。そんなこと休みの日にお願いするわけないじゃない。地域のスポーツ大会をやってるんだけど、磯川課長が怪我したから代わりに出てくれない？」

似たようなもんじゃないか。

「僕、S市の人間ですよ。地域住民じゃありませんから」

「出ないと結城さん。しばらく山小屋勤務になるってよ」

「またそんな理不尽な」

出ないと本気で山小屋勤務にさせられそうなので、伸びたうどんを急いですすってから、ジャージに着替えてクルマに乗った。

役場の裏手にあるグラウンドは、思っていたよりも大賑わいだった。

おそらく村中の人間が集まっているのではないだろうか。

グラウンドには、イベント用のテントが置かれて、来賓らしいスーツ姿の男がふんぞり返って競技を見ていた。

「あー来た来た。結城さーん」

ジャージ姿の宮内が、汗を拭いながらやって来た。

「すごい汗ですね。けっこう力入ってるんだなあ」

「パン食い競争で本気出しちゃって。あんぱん、全部食べて怒られた」

子どもか、この人は。

呆れていると磯川課長がやって来た。

パンチパーマにジャージ姿だと、休みの日の暴力団員だ。

「次は課対抗の綱引きやで、絶対に土木課に負けるんやないで。ワシが怪我したら煽(あお)ってきよった。ええか、半殺しにしたれ」

「あの……綱引きなんですよね」

「それくらいの気持ちでヤレと言うとるんや、タワケ。ええか？　パーンと鳴るちょっと前くらいから綱を引くんや」

「反則じゃないですか」

「わかりゃせんて。塚原のぼけなすに目にものを見せてやるんや」

磯川の目が血走っていた。

なんでこんなに殺気立(さっきだ)ってるんだろうと、宮内のジャージの裾(すそ)を引っ張ると、

「ああ。あのね、総務と土木ってメチャクチャ仲が悪いんだよねえ」

内部でそんなことがあるのかと呆(あき)れていたら、ジャージ姿の智恵子が視界に入った。

智恵子は髪をポニーテールにして、白いTシャツにピンクのジャージだ。

薄いTシャツだから胸のふくらみは、いつも以上にくっきりと悩ましい丸みを

描いている。

　しかもジャージのヒップはむっちりデカい。

　テントの下にいる老人たちが智恵子の胸やヒップを、臆面もなくいやらしい目で追っていた。

（まあ、これも高齢者向けのサービスみたいなもんか……）

　納得していると、智恵子がやって来てクスクス笑った。

「あら。駆り出されたの？」

　上目遣いに色っぽく見つめられた。顔を熱くしながら拓也は頷く。

「磯川課長が怪我をしたっていうので、代役で」

「大変ねえ」

　いやだった気持ちも少し和らいだ。智恵子のTシャツ透けブラを拝めるなら、休日出勤も悪くない。

「なあに？　ウフフ。顔を赤くして……具合でも悪いのかしら」

「い、いや、その……」

　透けブラをちらちら見てから目を泳がせていると、智恵子はまわりを見渡してから耳元に唇を寄せてきた。

「ウフフ。またシタくなっちゃった？」

「ふ、ふえっ？」

へんな声を出すと、智恵子はすぐに身体を離した。

「頑張ってね、綱引き。男の職員さんたち、みんな本気だから」

と発破を掛けられた。よし、と気合いを入れたときだった。

背中に妙な視線を感じて振り向けば、陽菜がジャージ姿でグラウンドの中央に立って、じっとこちらを睨みつけていた。

（な、なんだ？）

拓也が目を合わせると、来賓のテントの方に行ってしまった。

（なんなんだよ、もう……）

首をかしげていると、今度は沢木がやって来た。

「なんすか、陽菜ちゃんにセクハラでもしたんすか？　したんなら早めに謝った方がいいっすよ」

「してないよ」

いや、した。セクハラどころではないことをした。

「あのさ、あの子……白石さんって、どんな子？」

訊くと沢木がニヤニヤした。

「可愛いっすよねえ。でも村長に似て頑固なところがあるからなあ」

「村長？」

「あれ？　知らなかったんすか？　村長の孫娘っすよ」

「へ？」

そういえば、村長と同じ名字だ。

「そうか……村長の孫娘……だからか……」

「何が、だからなんすか？」

「いや、その……白石さんが、すげえこの村のことが好きで、どうしてかなって思ってさ」

「村長がこの村、好きですからねえ。それがうつったんじゃないすか？　昔はこの村、いろいろあったらしいし」

「いろいろ？　何かあったの？」

そう言えば陽菜も似たようなことを言っていた。

「こらあ、はよう持ち場につかんかい！」

話している途中で磯川課長に腕を引っ張られた。

「次は、総務課と土木課の対決です」

スピーカーから進行役の声が聞こえてきた。

後ろの方で綱を持とうとしたら、磯川課長にどやされた。

「一番前に行って顔を売ってこい」

まるで鉄砲玉のような扱いだ。仕方なく前に陣取ると、

（ひえっ）

向こう側の土木課の連中が、殺気立った目で、ぎろりと睨みつけてきた。

「なんや新顔か。ひょろっこいのう。総務はふぬけばかりだから、ぴったりや」

塚原課長が煽ると、土木課のみなが笑った。

すると、拓也の背後から怒声があがる。

「なんやとぉ。誰がふぬけや、この脳筋野郎が。おまん、この前の松村さんとこの葬式で、訃報を『とほう』とか読みおったやろ。そんな間違いしとるから、みんな途方に暮れとったわ」

後ろから磯川課長が叫んで、どっと笑い声があがる。怪我はもういいのだろうか？

塚原課長が真っ赤になった。

「昔のことばっかり言いよって。今日こそ決着つけたる。息の根、止めたるからなっ！」

「こっちの台詞や。生きては帰さん！」

綱引きのかけ声にしては物騒すぎる。

しかし、もうこの罵り合いも恒例になっているのか、グラウンドが歓声に包まれた。

「気張っていけやああ！」

「あんた、負けたらあかんよー！」

歓声というより怒号である。熱気がすごかった。

（どうなってんだよ、この村は……）

審判がピストルを高く掲げる。

両軍が綱を持った。拓也も慌てて綱を持つ。

「よーい」

号砲が鳴った。

両チームが勢いよく綱を引く。まるで綱が動かない。総務課も沢木をはじめとして若い連中がいるから、なかなか強いのだろう。

両者一歩も引かず、膠着状態のまま終了の号砲が鳴った。

「この勝負、引き分けー！」

歓声とブーイングがあちこちからあがる。

「何が引き分けじゃ。こっちの方に入っとってやろ！」

「ふざけるな。どう見てもこっちやろが。面倒や、かかってこいや。血祭りに上げたる！」

双方が睨み合う。一触即発だ。急にパーンと号砲が鳴った。

運営の男性が、スターターピストルを睨み合う双方に向けていた。

「早くどかんかい。時間が押しとるんや。次は実弾で穴ぁあけたるぞ」

運営の男性は、駐在所にいる強面の警察官だった。

2

「あてててて……」

月曜日。

役場に着いて、拓也は腰をさする。

「どうしたんすか、そんな前のめりになって。朝勃ちっすか？」

玄関に入るやいなや、ちょうど出勤してきた沢木に言われた。

「あほか。筋肉痛だよ。土曜日の運動会の」

「は？　あれだけで？」

沢木が物珍しそうな目でこちらを見る。ムッとした。

「あれだけって……リレーも借り物競走もやらされてさ。手を抜いたらどやされるし、ずっと本気で走ってたんだぜ」

「でも、たかだか百メートルもない距離でしょう？」

確かにたいした距離ではない。沢木はピンピンしているから、間違いなく運動不足が原因だ。

「ちょっと運動しないとまずいかな」

「ちょっとどころか、だいぶまずいっすよ。健康診断とか行ったら、何かの項目ですごい数値が出そうっすね。あはは」

言われて、そういえば健康診断なんか行ったことないなと思った。

「走ろうかな、少し」

「なら、グラウンドの横に『ふれあいセンター』ってあるでしょ。あそこにジムがあるから通えばいいんじゃないすか」

「ジムねえ。結局お金払っても、行かなくなりそうだなあ」

「あそこ安いっすよ。一回百円とかじゃなかったかな」

「百円⁉」

　驚いた。公営のジムで利用料金が百円なんて聞いたことがない。

「安すぎないか、それ」

　沢木がスマホでホームページを見せてくれた。

　わりと新しめの筋トレ器具や、テレビ画面のついたランニングマシンが並んでいる。ヨガマットまであった。

「これで百円？」

「村が補助金出してますからね。年寄りも多いけど、昼間は子育てしてる奥さんとか結構来てるんですよ。同じ館内に託児所（たくじしょ）もあるから」

「へええ」

　何もない村だけど、住民へのサービスもちゃんとやっているのだ。少し見直した。

「そういえば、一昨日さ、村で昔なんか揉（も）めごとがあったとか言ってたよな」

「そんなこと言いましたっけ」

「言ったよ」

会話をしていたら、ふいに誰かがぶつかってきた。

「あっ、ごめんなさいっ」

ダウンジャケットを着て、ジーンズを穿いた地味な格好の女性だった。

マスクをしているから目元だけが見えた。

優しそうなタレ目がちの目で、黒髪を無造作に後ろでまとめている。

どこにでもいる主婦という感じだ。

女性はどたばた走りながら「子育て保育課」と看板に書かれたカウンターの中に入っていった。

「ごめんなさい。遅くなっちゃって」

彼女が謝ると、貫禄あるおばさんが腕組みした。

「藤咲さん。子どもがいて大変なのはわかるけど、ちゃんと始業時間に来てもらわんとねえ」

「大変すねえ、志穂里さん。人手不足、なんとかならんもんかなあ」

沢木がぼやく。

「この役場、在宅勤務とかないのか？　リモートワークは？」

「なんです、それ」

沢木に真顔で聞き返された。

「テレビ電話みたいなやつで、会議したり接客したり……知らない？」

「ああ。でもあれ、都会の大企業だからできるんでしょ」

「地方の中小企業もできるよ。ネットさえつながっていれば」

女性がマスクを取った。わりと整っている顔立ちだった。

ダウンジャケットを脱ぐと、ニットの胸元は悩ましいふくらみを見せ、何よりもデニムのヒップがパンパンに張っていてエロかった。

3

半月後、リモートワークを試験的に導入することになって、拓也はまた自分の仕事を増やすことになってしまった。最初のモニターとして「子育て保育課」の藤咲志穂里が選ばれて、拓也は彼女の家に行ってリモートワーク環境のセッティングをすることになった。

昼下がり、志穂里の家のインターフォンを押すと、

「ちょっと待っててねー」

と、ほんわかした明るい声がスピーカーから返ってきた。

「いらっしゃーい。ウフフ」

志穂里がドアを開けて、満面の笑みを見せてくれる。

藤咲志穂里は三十四歳の人妻で、小学生の息子がひとりいる。

旦那はS市で働く銀行員だが、S市ではなく真幌場に家を買ったのは、旦那の実家が近かったかららしい。

「すみません。昼間から……」

「いいのよ。こちらこそ家で仕事ができるようになったら大助かり。どうぞ、あがって」

志穂里は明るく言いながら、魅力的な笑顔を見せた。

(香水つけてる。なんか意識しちゃうな)

ごく普通の主婦だけど、身体つきはエロい。

今日も淡いブルーのニットと、デニムという地味な人妻の格好ではあるが、胸やお尻はパンパンだ。

志穂里の家は、片付いているけど生活感が漂っていた。

壁に落書きがあったり、ところどころ壁紙が破れていたりするのは、おそらく子どもの仕業だろう。

わずかに煙草の臭いがした。これは旦那のものか。

昼下がりに家で人妻とふたりきり。やはり意識してしまう。

（何にもあるわけないじゃないか。幸せそうな奥さんにしか見えないし）

とはいうものの、デニムの尻に目がいってしまう。

歩くたびに、むにゅ、むにゅ、と左右の尻肉がよじれるくらい、いやらしい尻をしている。

（おっきくてエロいお尻……脱ぐとエッチな身体をしてそうだ……）

どうもこの前、陽菜との未遂があってから、ずっともやもやしている。

だからいやらしいことを考えてしまうのだろう。拓也は仕事に集中することにした。

リビングに入ると、大きなテーブルにノートパソコンが置かれていた。

「じゃあ、お願いしていいかしら。その間に、ちょっと洗濯物を干したくて」

洗濯かごに、いっぱいの洗濯物があった。

「いいですよ。終わったら使い方を教えますから」

「ごめんねー。ウフフ。今日はいいお天気だから、早く干したくて」

屈託のない笑顔で言われて拓也は顔を熱くする。

（いいなあ。優しそうな奥さん……一緒に暮らしたら楽しそうだよな）

志穂里を見ていると、結婚生活も悪くないと思ってしまう。

拓也はさっそく配線をつないでいく。

Wi-Fiは届いていない田舎の村だが、かろうじてS市のケーブルテレビが届くので、その回線を使ってインターネットができる。

作業をしながら窓の外に目をやると、志穂里の姿が見えた。

庭に置かれた物干し竿に洗濯物を広げて干している。

色の白い瓜実顔で、鼻筋がすっと通っていて、わりとすっきりした一重瞼の和風美人だった。

派手な顔立ちではないものの、タレ目がちの双眸が醸し出す、ふんわりと柔和な雰囲気がいい。肩までの黒髪がさらさらと風になびいていた。

志穂里は楽しそうに洗濯物を干していた。

そんな志穂里が、男もののパンツを手に取った。

旦那のものだろう。当たり前だが普通に干している。

とたんに拓也は欲情した。

(なんか、男のパンツを干している人妻っていいよなあ)

続けて志穂里は洗濯物の間に隠すように、ブラジャーとパンティを干し始めたので、拓也はドキッとした。

(お、奥さんの下着だ……)

ベージュの普段使いのような地味な下着に、ピンク色の可愛いデザインのブラジャー、黒のレースの入ったパンティもある。

(志穂里さん、ああいう下着をつけているのか……)

わりと派手めなものもあって、意外だなあと思っていたときだ。

最後に手に取った一枚がスケスケのパンティだったので、拓也は思わず身を乗り出した。

(えっ！　ウソだろ……あの地味な志穂里さんがあんな下着を？)

目が血走って、食い入るように見てしまう。

気もそぞろに設定していると志穂里が戻ってきた。

「どう？　つながった？」

志穂里が笑顔を見せる。

咄嗟(とっさ)にズボンの上から勃起の位置を変えて、それからマウスでパソコンを操作する。

「もう少しだと思いますけど……」

拓也が椅子に座ってパソコン画面を見ていると、背後から志穂里がノートパソコンの画面を覗き込んでくる。

(か、顔が近いっ……)

すぐ横に志穂里の顔があった。

「わあ、ここにカメラがあるんだあ」

志穂里が無邪気(むじゃき)に言って、さらに身を乗り出してきた。

黒髪が拓也の頬を撫(な)でる。リンスの甘い匂いがした。先ほどのスケスケパンティを思い出して身体が熱くなってしまう。

「あ、つながったのかしら。あー、沢木くんっ。見えるー?」

志穂里が画面に向かって手を振った。

「見えますよ。おーっ、つながった。これ、いつでもいけるんすか、結城さん」

画面の向こうの沢木が言う。彼は役場の会議室にいるのだ。

「ネットでつながってるなら、いつでもいけるよ。これで会議とか窓口業務なんかもできるだろ」

「わー、すごーいっ。拓也くんってすごいのねえ」

志穂里が目をきらきらさせて言う。

頭でも撫でられそうな、母性がにじみ出ていた。

しかし、ニット越しに揺れるおっぱいはやたらセクシーだ。そしてまたスケスケパンティが頭をよぎる。

使い方をざっくり説明する。

特に在宅ワークだと、家の中が見えたり、雑音が聞こえたりするのはいやだろうから、背景をぼかすやり方と、喋る人以外の参加者のマイクをオフにするやり方を教えてやる。

「そんな機能もあるんだあ。すごいわあ、結城くん」

別にこちらがすごいわけではないのだが、褒められるとうれしい。

沢木に礼を言って、一旦接続を切った。

「あとは二階でも使うんでしたっけ？」

拓也が訊くと、志穂里が思い出したように、「あっ、そうだった」と言った。

「寝室でも使いたいの。旦那のパソコンがあるから、それも設定してもらえたらうれしいんだけど」

「いいですよ」

ふたりでリビングを出て、階段をあがる。

志穂里の後ろにいると、目の前にデニムの大きなお尻が揺れていた。

（やっぱすごいな……志穂里さんのお尻……）

またスケスケパンティが思い出される。

ドキドキしながら二階にあがる。

志穂里がドアを開けると、シングルベッドがふたつ並んでいた。ベッドは別々なんだなあと余計なことを考えてしまう。

「このベッドサイドテーブルの上のパソコンなんだけど」

志穂里の夫のノートパソコンを立ち上げ、セッティングを開始すると、すぐに画面が映った。

先ほどのリビングが見えている。

「あの藤咲さん。下のリビングに行ってもらって、こっちが画面に映っているか、見てきてもらっていいですか？」

「いいわよ。それと、私のことは志穂里でいいからね」

志穂里が寝室を出て、少しすると画面に志穂里が映った。

「見えてるー？　拓也くん」

「見えてますよ。けど、まだ少し画面が荒いなあ。ちょっと動いてもらっていいですか？」

「えー、動くって。何をすればいい？」

画面の志穂里が困った顔をする。

「踊ってみるとか」

「えー、いやあん。恥ずかしいからダメ。じゃあ、これはどう？」

志穂里は目をつむり、画面に向かって唇を突き出してきた。

（えっ？　キ、キス顔……？）

いきなりおねだりのキス顔を見せてきたので、びっくりした。

「オッ、オッケーです。あ、ありがとうございました」

顔が熱くなった。

きっと画面の向こうの志穂里には、真っ赤な顔が見えているのだろう。

「ウフフ。ねえ、拓也くんもして」

画面内の志穂里が、甘えるように言ってきた。

「な、何をですか？」

「キス顔よ。ウフフ。こっちもチェックするから」

「な、何を言ってるんですか」

「早くぅ。ほーら、目をつむって」

志穂里が上目遣いに見つめてきた。

仕方ないなと、拓也は目をつむって蛸のように唇を突き出した。

「何それ。おもしろーい。ウフフ。ねえ、そのまま目をつむっていてね。私がいいって言うまで、絶対に開けちゃダメよ」

「わ、わかりましたよ」

拓也はやけくそでキス顔を続けた。

(な、何をする気なんだろう。もしかして写真を撮って、役場にバラまく気じゃないだろうな)

ふいに人の気配を感じたと思ったら、次の瞬間には唇に柔らかいものが押しつけられていた。

びっくりして飛び退き、目を開ける。

志穂里がイタズラっぽい笑みを見せていた。

「し、志穂里さん……?」

間違いない。志穂里にキスされたのだ。

「ウフフ。可愛い」

真っ直ぐに見つめられた。

志穂里が再び、口づけを交わしてくる。

(えっ？ えっ……ど、どうして……？)

戸惑いはすぐに欲情に変わる。

彼女が舌を差し入れてきたからだ。

「ん……ん……」

ぴちゃぴちゃと音がするほどに、志穂里は情熱的に舌を動かしてきた。人妻の甘い唾がしたたり、フルーティな呼気に脳内が痺れていく。

「んふ……んん……」

唾液が粘り、口の中で糸を引く。

(ああ、エッチなキスだ……たまらないよ……)

驚いて固まっていた拓也も、たまらず舌を出して、人妻のベロチューを受け入れてしまう。

「ぅんん……んぅぅ……」

人妻の呼気が荒くなり、悩ましい鼻声がさらにかすれて色っぽくなる。

もうガマンできないと、志穂里を荒々しくベッドに押し倒したときだ。

一階の玄関でチャイムが鳴り、拓也はキスをほどいて志穂里と顔を見合わせた。

4

「すみません、宅配便でーす」

下から声がして、志穂里が寝室から出ていった。

拓也も下に降りると、彼女はリビングで段ボールを開けていた。

「頼んでいたお肉なの。忘れてたわ、ウフフ」

志穂里はそう言ってキッチンに行く。

拓也もキッチンに行くと、志穂里は冷蔵庫を開けて、宅配便で届いた肉をしまっていた。

前屈(まえかが)みなので、こちらにデニムの尻を突き出している。

やはり悩ましすぎる豊満な尻だ。

肉づきがいいから、見ているだけでまた股間が熱く疼(うず)いていく。

志穂里が肉をしまい終えて冷蔵庫を閉めた。

「ウフフ。ねえ、キッチンに来たから、ちょっとお米だけ研(と)いでいいかな？」

「えっ？　あ、はい」

拓也は返事しながら顔を曇らせる。

（さっきのキス、なんだったんだよ）

彼女はシンクの前に立って、ニットの袖(そで)をまくって米を研ぎ始めた。

黒髪をポニーテールにしているから、白くてほっそりした首が見えている。

「あ、あの……」

「なあに？」

志穂里がシンクの前で米を研ぎながら答えた。

「そ、その……さっき、寝室で……」

拓也が訊くと、志穂里は楽しそうに笑う。

「キスしたこと？」

「えっ……ええ……」

「……お礼よ。いろいろしてくれたから……」

「いや、それは仕事ですから」

「それと、ちょっと私に興味持ってくれたことがうれしかったの。こんな地味な人妻なんかを意識してくれたから。だって……あんなエッチなパンティ持ってても、もう使う機会なんてないなあって思ってたんだけど」

志穂里が妖艶な笑みを見せる。

拓也はハッとして、

「すみません。見てたのバレてたんですね」

「いいのよ。年下の男の子に興味持たれるなんて、うれしかったから……ごめんなさいね、調子に乗ってからかっちゃって」

志穂里が寂しそうに言う。

「そんなことないですよ。キスされて、う、うれしかったです」

「えー？　フフッ。拓也くんにそんな風に言われたら、私もうれしいなっ」

志穂里の目が濡れている。そうか期待してるのか。

（い、いいんだよな。寂しそうだし……）

志穂里のデニムの尻を見つめた。

たまらないボリュームだ。据え膳食わぬはなんとやらだ。

総務課の同僚で人妻の智恵子とはスポーツ大会の後、二回関係を持った。

経験豊富とはとても言えないけれど、イニシアチブを取ることもできたから以前よりは自信がある。

拓也は志穂里の背後にまわり、ポニーテールに結んだ髪の毛を避けながら、白いうなじにキスをした。

「ううん……くすぐったいっ。えっ……ちょっと……拓也くん？」

米を研ぎながら、志穂里は首をすくめる。

「志穂里さん……いいんですよね。お礼ですもんね」

「い、いいけど……今はお米……研いでるから」

そう言われたが、シンクで家事をしている人妻がいいのだ。

「ガマンできませんよ」

背後から志穂里にぴたりと寄り添い、手を伸ばしてニット越しのふくらみをギュッと鷲(わし)づかみにした。

「ああんっ、ちょっと……キッチンでなんて……あっ……あんっ……」

背後から胸をまさぐれば、志穂里は一気にとろんとした顔を肩越しに見せてきた。

「恥ずかしいよぉ……こんなところで……ねえ……」

そんな台詞を言いながらも、志穂里はデニムの太ももをよじらせている。

「そんなこと言って、欲しいんでしょう？」

すかさずニットをまくり、ブラカップをめくりあげる。

小ぶりだが充分なふくらみの胸を、拓也はいやらしく揉みしだく。

「あんっ……だめっ……ま、待って……いい子だから、続きはベッドで……」

「だめです。いつも使ってるキッチンでされるのが、いいんでしょう？」

「あん、エッチ……真面目な子だと思ってたのに、んんんっ……いやっ……」

拓也が乳首をいじれば、志穂里はキッチンシンクのへりに身体を押しつけてイヤイヤと首を横に振る。

だがもう志穂里がとろけているのは、腰の動きでわかる。

「ねえ、志穂里さん。ホントはこういうところでされるの、刺激的なんでしょう？」

拓也が再び挑発した。以前はとてもこんなことできなかった。経験は大きい。

「そ、そんなことない……ちゃんとベッドでする方が……」

「ホントですか？」

拓也は乳首をキュッとつまみあげた。

すると、

「ああっ……いやっ……」

乳首がピンピンに勃ってきた。

志穂里は肩越しに悩ましい目を向けてきて、唇を重ねてくる。

「うふうんっ……ううんっ……」

ぴちゃ、ねちゃ、れろっ……れろぉ……。

舌と舌がもつれて、猫がミルクを舐めるような音が、キッチンに響き渡る。

たまらなくなり、拓也はいよいよデニムの尻に手を這わせていく。

すさまじい量感だった。

(デカすぎるよっ……お尻が……)

お尻から太ももにかけてのカーブを、何度も手のひらで磨くように夢中で撫でまわす。さらに志穂里のデニムのフラップボタンを外して、ファスナーを下ろしていく。

「あっ……だめっ……だめえ……」

志穂里はキスをほどき、恥じらいを見せる。

その恥じらい方も実にいい。

拓也は強引に志穂里のデニムを脱がして、一気に足下まで落とす。

キッチンシンクの前で、志穂里のナチュラルカラーのパンティストッキングと白いパンティに包まれた大きなヒップが露わになった。

「あんっ……もう……こんなところでなんて……」

デニムを脱がされた志穂里が顔を赤らめる。

普段使っているキッチンでいやらしいことをされて、やはり恥ずかしいのだろう。

しかし、この大きなヒップを目の当たりにして、ベッドに行くまで待つことはできなかった。

「すごい、おっきい……」

志穂里の足下にしゃがみ、まじまじと尻を眺めた。

どっしりとした巨大な尻たぼが、拓也の目の前にある。

両手で抱えきれない巨大な桃尻の迫力に、拓也はもう一刻もガマンができなくなった。

志穂里の身体をシンクのへりに押しつけ、乱暴にパンティストッキングと白いパンティを膝までずり下ろした。

「ああんっ……！」

いきなり下半身だけすっぽんぽんにされた志穂里が、恥じらいの声を漏らして伸びあがった。

（くうう、なんてお尻だよ……）

驚くほど大きくて真っ白い尻に、拓也の目は血走った。

たまらず尻肉を揉めば、なめらかな尻肌の感触と、弾力ある揉みごこちが手のひらに伝わってくる。これほどエロい尻は初めてだった。

気がつけば、拓也は深い桃割れに鼻を押しつけていた。

奥からムンムンと漂ってくる生々しい発情の匂いが、ますます拓也の興奮を煽ってくる。

「ああん……匂いを嗅ぐなんて……だめえっ……だめよおっ……」

シンクの前に立つ志穂里がいやがった。だが、匂い立つヒップが、くなっ、くなっと揺れる様は誘っているようにしか見えない。

「そんなこと言って……興奮してるんでしょう……奥さん」

わざと「奥さん」と言いながら、桃割れの間に指を忍び込ませていく。

「ああっ！」

志穂里は恥じらいの悲鳴をあげ、背中を伸びあがらせて尻を引っ込めようとした。

しかし、逃がすまいと指を奥まで入れる。

指の根元までぐっしょりと粘着性の高い蜜がまとわりついてきた。

「こんなに濡らして……おまんこ、ぐっしょりじゃないですか」

指で、ねちっこく奥をいじると、

「ああんっ……だめぇ……言わないでよぉ……」

志穂里は恥ずかしそうに身をくねらせつつも、羞恥を感じている言葉とは裏腹に、もっと触ってほしいと尻を突き出してきた。

突き出すことで、悩ましい巨尻がさらに丸みを帯びる。

女らしい急激なカーブを見つめながら、拓也はもう無理だと、ズボンとパンツを下ろす。

もっとじっくりと愛撫を続けたかったが、興奮を抑えきれない。

拓也は昂ぶった切っ先で、志穂里の桃割れの下部をなぞり、濡れきったおまんこの中心部の膣穴を探り当てて、そのままずぶずぶと貫いていった。

「はあああっ……！」

いきなりの挿入に、志穂里が悲鳴をあげて伸びあがる。

かなりの衝撃だったのか脚がぶるぶる震えている。志穂里は崩れ落ちないようにシンクのへりをつかんで、肩越しに振り向いた。

「ああん……キッチンでなんて……いやあん、エッチ……」

なんとも淫らな表情だった。

眉を歪めて眉間に縦ジワを刻む苦悶の表情に、拓也は猛烈に昂ぶった。

ほっそりとした腰をつかみ、ぐいぐいと奥をえぐり立てていく。

（うおおおっ……デカケツの弾力が気持ちよすぎるっ！）

腰をぶつけると、志穂里の尻が、ぶわんっ、と拓也の腰を弾き返してくる。

なんという心地よさか。

もう、優しくなんてできなかった。

拓也は夢中になって、一気にピストンを速めていく。

パンパン、パンパンパンと尻肉で音楽を奏でながら、立ちバックの体勢で激しく志穂里を犯していく。

「ああっ……い、いきなりそんな……あんっ……やあんっ」

志穂里は頭を振りたくり、困惑した声をあげる。ポニーテールが揺れて、拓也の鼻先をくすぐった。

「くうう、き、気持ちいい……」

志穂里の髪の甘い匂いを嗅ぎながら、拓也はぐいぐいと男根をねばっこく抜き差しする。

締まりのいい膣と、内部の媚肉が包んでくる心地よさ。

拓也はもう我を忘れて腰を振ると、ねちゃっ、ねちゃっ、と音を立て、愛液まみれのペニスが志穂里の尻から出たり入ったりを繰り返す。

「ああ……イッ、イッちゃうう……そ、そんなにしたら、イッちゃうよお……ああ……」

シンクのへりにしがみつき、全身で怒濤のピストンを受け止めていた人妻は、早くも女の悦びを叫び始める。

間違いなく欲求不満だったのだろう。

平日の昼下がりのキッチンで若い男にいきなり挿入されて、それでもアクメしそうなのだから、飢えていたのは間違いない。

ますます突き上げを強くした。

そのときだった。

「イッ……イクッ……あああんっ……イクイクイク……やあああんっ」

人妻は甘ったるい声を漏らし、キッチンシンクにしがみついたまま、ビクン、ビクンと痙攣（けいれん）した。

その痙攣が拓也のストッパーを崩壊させた。

「くうっ……で、出る……こっちも……で、出ちゃいます」

目の前が真っ白になっていた。

「あん、だめぇ……赤ちゃんできちゃう……そと、外に出してぇ……」

志穂里に言われて、拓也はなんとかギリギリで抜いて、巨大なお尻にザーメンをぶっかけたのだった。

5

「あっ……ああんっ……た、拓也くんっ……だめっ……あっ！」

乳首に吸いつくと、志穂里は豊満な裸体をいやらしくくねらせて、甘ったるい声を続けざまに漏らし始めた。

二階の寝室に場所を移して、拓也と志穂里はすぐに二回戦を始めた。

「こ、こんなに志穂里さんが、いやらしい人だったなんて……」

裸で抱き合いながら耳元でささやくと、志穂里は汗ばんで上気した顔でクスクス笑う。

「だってぇ。久しぶりなんだもん」

志穂里は甘えるように言いながら、薬指に結婚指輪の光る左手の指を、拓也の右手にからめてきて、恋人つなぎした。

そうして志穂里は拓也の首筋から乳首を舐めつつ、反対の手で拓也の肉棒をゆっくりシゴいてきた。

「くっ……ううっ……」

「ウフフ。拓也くんだって……もうこんなになってる……エッチ」

志穂里がまたキスをしかけてきて、すぐに舌をからめる濃厚なベロチューに変わっていく。息苦しくなってキスをほどき、拓也は志穂里を見つめた。

「た、たまらないですよ、志穂里さん……」

「ウフフ。拓也くん……して……もっとエッチなこと……ううん」

両手を恋人つなぎしたまま、ベッドで汗まみれの裸体をからませて濃厚なセックスをしていたときだった。

志穂里のスマホが鳴って、彼女はベッドサイドに手を伸ばす。

画面を見た志穂里が、ため息をついた。

「課の人から。四時からの会議をリモートで試してみたいんだけど、いけるかって」

「ええっ……？」

拓也は顔を曇らせる。スマホの時刻は三時五十分だった。

「もう準備しないと」

志穂里が焦（あせ）りながら言う。

「あと十分もありますよ」

もうこっちはビンビンなのだ。途中でお預けなんて、つらすぎた。

だが志穂里は起きあがり、拓也の頭を撫でてきた。

「悪い子になっちゃだめ。ウフフ。ね、お片付けしましょ。私だって、もっとしたかったよ」

志穂里が髪を整えながら顔を向けてきた。

「ねえ、私、顔赤いかなあ？」

顔を出されたので、チュッと唇に軽くキスすると、

「もうっ……」

と、志穂里はふくれっ面（つら）をして、脱ぎ捨ててあったニットを身につけた。

「画面には上半身しか映らないですから。下はつけなくて平気ですよ」

「えー、そんなの……恥ずかしいわ」

「でもパンティ濡れちゃったんですよね」

拓也がからかうと、志穂里はまた頬をふくらませて叩くまねをしてみせた。パンティを穿（は）いてからスマホを見る。

「あっ、もう時間だわ。ねえ、拓也くんも服を着て。裸で映ったらまずいわ」

志穂里がもっともなことを言った。

拓也はTシャツとパンツを身に着け、カメラが映さない位置からパソコンを操作する。

画面に女性の姿が映った。

「あー、志穂里さん、すごーい。ホントに映ってる。すごい鮮明なのねえ」

パソコン画面から女性の声がした。

「うん。どう？　聞こえる？」

志穂里が画面に向かって手を振った。

「聞こえるよ。結城さんってすごいのねえ。彼はどこ？」

「えっ？　ああ……今帰ったとこよ」

拓也は身を屈めて苦笑いした。

Ｔシャツとパンツ姿だから見せられるわけはない。

（早く終わらないかな）

志穂里の子どもが帰ってくる前に、なんとか最後までしたかった。

だが、

「でね、ウチの子が中学受験してもいいよって……」

「ホンマ？　すごいわあ、なおちゃん頭いいもんね」

リモート会議が珍しいのか、昼下がりの主婦同士の井戸端会議が始まってしまう。

（そんな話、職場ですればいいのに。それより会議はいつ始まるんだよ）

拓也は不満げに志穂里を見る。

志穂里は、上はニットで下はパンティ一枚という格好で、ベッドに座ってリモート会議をしている。パソコンのカメラは志穂里の胸から上しか映らない。

（早く終わるようにしてやろう）

拓也はニヤリと笑い、四つん這いでそっと志穂里の足下ににじり寄る。

志穂里がちらりと足下を見て、顔を曇らせた。

拓也は、

「しーっ」

と、人差し指を自分の唇の前に立て「喋らないで」というジェスチャーをしてから、志穂里の剥き出しの太ももに手を這わせた。

「んっ！」

志穂里がビクッとして、すぐに手の甲で口を塞ぐ。

「どうしたの？　志穂里さん」

画面から声が聞こえた。

「ああ、あのね。し、親戚から小さな犬を預かってて、その子が部屋に入ってきちゃったの」

咄嗟にしては、なかなかうまい言い訳だ。

「えー、可愛い。見せて」

画面の向こうから声が聞こえた。

「えっ？　あっ、ちょっと今、どこかに行っちゃった」

志穂里は下を見て、犬を探す振りをしながら、拓也に向かっていやいやと首を横に振る。

「だめっ……そんなことしちゃ……あとで、いっぱいしてあげるから……」

志穂里が下を向いたまま、耳元でささやいた。

「ガマンできないんですよ。話が長いから」

「すぐ終わるから」

と、志穂里は画面に映らないように、右手で拓也の愛撫する手を剝がそうとする。

（これは興奮するな）

人妻が、リモート会議に参加しながら、実は見えないところでエッチなイタズラをされている。

そんなアダルトビデオみたいなことを本格的にしたくなってきた。

拓也は志穂里のいやがる手をはねのけて、股間に右手を忍ばせていく。

《やめて、ああ、そんな……》

志穂里の焦った表情から、心の声が聞こえてくるようだった。

リモートで会話を続ける彼女の肌が、うっすらと色づき始めている。

「ねえ、志穂里さん。顔赤くない？」

ちょうど画面から、そんな言葉が聞こえてきた。

志穂里は強張った笑みを見せ、

「そ、そう？　モニターの色味のせいじゃないかしら……」

と言い訳しつつ、志穂里は拓也のイタズラする手を遮ろうとする。

拓也はその手をかいくぐり、パンティの上から秘裂を刺激する。

見あげると、志穂里の息がわずかに乱れていて、さらに顔が赤くなっていくのがわかる。股からもいやらしい匂いが強くなってきていた。

（いやがってるのに……志穂里さんも興奮してきてる）

がぜんやる気になって、拓也は志穂里のパンティの縁に手をかける。

《あっ……だめっ！》

志穂里が危うくそんな声を出すんじゃないかと思うほど、大きく目を見開いた。

それもそうだろう。

上半身はリモート会議をしながら、カメラに映っていない下半身は、純白のパンティを脱がされ、すっぽんぽんにされているのだ。

志穂里の顔が耳まで真っ赤に染まっていた。

それでもなんとか強張って笑みを見せている。

「じゃあ、そろそろ会議を始めましょうか。なんだかテレビ会議って、緊張するわねえ」

画面から、複数人の笑い声が聞こえた。

向こうはひとりではない。さらに緊張が高まるが、そんな大勢の前で志穂里に性的なイタズラをしていることに、ますます興奮が募っていく。

「志穂里さん、パソコンのマイクをオフにして」

拓也の言葉に、志穂里はハッとした顔でパソコンを操作した。

「マイクオフにしました？」

少し声を大きくしてみた。志穂里は画面を見ながら、小さく頷いた。

(よし、これでこっちの声は、画面の向こうには聞こえないな)

ほくそ笑んで小さく咳払いした。

「じゃあ、志穂里さん。画面を見たままで、ゆっくり脚を開いて……」

足下で拓也が命令をすると、志穂里はチラッと下を見て、

「ええ？　そ、そんなの絶対だめ……ああん、ゆ、許して……」

と非難してくる。

「大丈夫ですよ、志穂里さんがガマンして表情を変えなければ絶対にバレないですから。開かないなら、無理矢理に開かせますけど……」

理不尽なことを伝えると、志穂里は「はあ」と大きなため息をついてから、「もう……」と呆れた顔をする。

そして恥ずかしそうに震えながら、ゆっくりと脚を左右に開いてきた。

（うおっ、ひ、開いてくれた……こ、これが志穂里さんのおまんこか……）

先ほどは立ちバックだったから、恥部を見ることは叶わなかった。

ふっさりとした繊毛の下に、うっすらと小さなスリットが息づいている。

（キレイなおまんこだな……でも、エッチな匂いがツンとくる……）

拓也は興奮して鼻先を近づける。

獣じみた匂いと蒸れた汗の匂いがブレンドされて、すさまじい性臭を放っている。くらくらするほどの、人妻の熟れたおまんこの匂いだ。

匂いを嗅ぎながら志穂里の顔を見る。

かなり恥ずかしいのだろう、つらそうに眉をひそめている。

「志穂里さん、大丈夫？」

画面から気遣う声が聞こえる。

「あっ、はい……だ、大丈夫よ」

返事をするときだけマイクをオンに切り替え、志穂里は気丈にもニッコリと笑うが、ニットの腋窩に汗ジミができるほど身体を火照らせていた。

（緊張してるんだな……そうだよな。こんなことバレたら終わりだもんな）

しかしそんなスリルが、拓也の興奮にさらに火をつける。

志穂里の表情を下から盗み見しながら、指で剝き出しの茂みをかき分けて、ワレ目をじっくりとくつろげていく。

「ああ……」

志穂里がふいに色っぽい声をあげた。すぐにハッとして口を覆う。

やはりだ。

同僚たちの目があるというのに、イタズラされて志穂里は感じ始めている。

会議中にもかかわらず、おまんこにじわじわと分け入ってくる男の指……志穂里はそんな異常な状況をいやがりつつも、受け入れ始めていた。

（スケベな奥さんだ……たまんないよ……）

もっとエロいイタズラをしたくなった。

拓也はしゃがみながら、目の前のクリトリスをそっと指でつまみあげた。

す。

たまらずといった様子で、志穂里が歯列をほどいて、官能的な喘ぎ声を漏ら

「あっ……ッ」

（やばっ）

拓也はさすがに調子に乗ったかと、指を引っ込める。

しかし、声が出る瞬間に顔を下に向けたようで、どうやら同僚たちにはバレなかったようだ。ホッとしていると、志穂里が目をつりあげて睨んできた。

だが……怒られようとも、もう拓也はイタズラを止められなくなっていた。

志穂里のおまんこが濡れてきたのだ。

拓也の指が再びクリトリスをとらえ、じわじわと包皮をめくりあげる。

そうして剥き出しになった生身のクリを、ゆるゆると指先で捏ねまわすと、志穂里はイヤイヤと首を横に振りたくった。

「感じてるんでしょう？」

下から言うと、志穂里はうつむき、せつなげな声でささやいた。

「あん、お願い……そこは……だめっ……」

だめと言われると、男としては燃えあがってしまう。

さらにクリを舌で舐めると人妻の腰が、もどかしそうに揺れ始めた。

まるでおしっこをガマンしているような動きだ。おそらくこみあげてくる妖しい疼きを必死にガマンしているに違いない。

「藤咲さん、さっきから下ばっかり向いてるけど、どうしたの？」

画面から訝しげな声が聞こえてきた。

「ワンちゃんがいるんですって。きっと足下でイタズラしてるのよ」

画面から、別の女性の声が聞こえてきた。

志穂里がまたマイクをオンにして、言い訳をする。

「す、すみません。イタズラ好きの子で、めっ！　もう、だめでしょう？」

志穂里が下を向いて、睨んできた。

画面から笑い声が聞こえた。

(僕が犬？　いいよ、じゃあ犬になりきるからね)

クリトリスだけではない。拓也は舌を伸ばして濡れたワレ目をぺろぺろとバター犬のように舐めてやる。

「うっ……ああ……も、もう……イタズラっ子なんだから」

志穂里がくすぐったそうに言うが、顔が淫らに赤くなっている。

「そのワンちゃんの名前、なんて言うの？」

画面の向こうから誰かに訊かれた。

志穂里はちらりと下を見てから、

「た、たっくん……たっくん、って言うのよ」

思いつきの名前を口にする。拓也は苦笑した。

（拓也のたっくんかな？　じゃあ、犬のたっくんになりきって舐めますよ。志穂里さんのバター犬になってあげる）

「ワンちゃん、たっくんって言うの？　そんなに懐いて可愛いわねえ」

「私も見たいなあ、たっくん」

画面の向こうから、のどかなやりとりが聞こえてくる。

完全に犬だと思っているらしい。

だが実は画面の外では、犬ではなく旦那以外の男にクンニされているのだ。

（犬じゃなくて、同僚の年下男におまんこを舐められながら会議に参加していると知ったら、役場の人たち卒倒するだろうな）

ニヤつきながら、舌を伸ばして亀裂を舐める。

志穂里をさらに感じさせて困らせたいと、拓也は舌を激しく動かしていく。

「お、お願い……たっくん……許して……」

志穂里がしゃがみ込んで、耳元で哀願してきた。

美貌に玉の汗が浮かんでいた。

もう志穂里は首筋まで真っ赤に染めて、ハアハアという呼吸が、さらにねっとりといやらしいものに変わっている。

おそらく画面の向こうでこんな顔を見たら、勃起してしまうに違いない。

(志穂里さん……いやなんて言って……ホントは感じたいんだな)

もし本当にいやなら席を外せばいいだけだ。

しかし志穂里はしゃがんだまま、イタズラを甘んじて受け続けている。

(だったらお望みどおり、みんなの前でイカせてやるよ、志穂里さん)

拓也は志穂里の太ももを押さえつけて、さらに大胆に志穂里のおまんこを舐めしゃぶった。

志穂里は唇を嚙みしめていたが、やがて、

《あ、そんな……！》

という心の声が聞こえてきそうなほど、大きく目を見開いた。

すでに淫唇全体がぬるぬるしていて、膣内はもうぐっしょりだ。

舐めれば、ぴちゃ、ぴちゃ、という音が響いてくる。

志穂里の耳までその音が届いているのだろう。開いた脚をぶるぶると震わせながら、志穂里は眉をひそめてうつむいている。

「ウフフ、足でも舐められてるの？　ワンちゃんが舐めてる音がしない？」

画面の向こうで笑い声がした。志穂里がこちらを見て、また首を横に振る。

「や、やめて……お願い……たっくん」

画面の向こうでは犬に言っているると思っているだろう。

しかし、実際には足下の拓也に「クンニをやめて」と哀願しているのだ。

「早くマイクをオフにしないとバレちゃうよ」

拓也がしゃがんでいる志穂里の耳元でささやくと、志穂里は涙目でイヤイヤしながらも、どうにかマイクをオフにした。

「ウソをつくからお仕置きだよ」

拓也は志穂里の亀裂に口をつけると、そのまま、じゅるるるっと、彼女の蜜を吸いあげた。

「あっ……！」

志穂里が声をあげて、ビクンと震えた。

だが新鮮な蜜はあとからあとからあふれてくる。

（すごい。おまんこが熱い……匂いも味も、キツくなってきた）

志穂里のワレ目の内部はもうぐちょぐちょだ。

吸うのをやめて再び舌を伸ばし、膣の奥まで舐めあげたときだった。

「くっ！」

志穂里が小さく呻いて口を手で覆った。

同時に腰がガクガクと震えて、膣の内部が小刻みに痙攣する。

（えっ？　し、志穂里さん……これ、まさか……イッた？）

見あげると、真っ赤な顔をした志穂里が目尻に涙を浮かべて、睨んできている。

「イッたんですね、今……志穂里さん……」

志穂里は鼻をすすり、手で拓也の肩をパチンと叩いてきた。

しかし、志穂里がアクメしたことは画面の向こうにはバレていない。志穂里がしゃがんだせいで、役場の人たちが見ている画面には誰も映っていないからだ。

リモート会議は普通に続いているようで、楽しそうな会話や笑い声が聞こえてくる。

「会議は普通に進行してるみたいだし、志穂里さんが画面に映り込まなければ大丈夫じゃないですかね？」

もっと煽ると、志穂里は涙目で睨んできた。

「ま、まだする気なの？　もう無理よ……私、本気でイッたって……あンっ！」

志穂里が大きな声を出して、再び腰をぶるっと震わせる。

「志穂里さんがいなくなっちゃったわ。大丈夫、志穂里さーん？　ワンちゃんを追いかけてったのかしら？」

画面の向こうで笑い声がする。

ちょっと不審がられたかもしれないが、とにかくバレなかったらしい。拓也もホッとした。

（それにしても、志穂里さんがあんなエッチな声を出すなんて……）

まあ無理もないかもしれない。

拓也の指が、いきなり膣内に侵入してきたのだから。

「ああ、すごい……志穂里さん、中がこんなになってるなんて……指が火傷しそうですよ」

拓也は膣に入れたまま指を曲げ、志穂里の熱い膣奥をまさぐった。

「あっ……あっ……」

志穂里がこらえきれぬ嗚咽を漏らし、自分の口を手で塞いだ。

一度アクメを経験して、箍が外れてしまったのか、エッチな声を隠しきれなくなっている。

指が、ぬちゅ、ぬちゅ、と音を出して前後にこすられるたびに、志穂里の塞がった口から、

「ん……んん……んふんっ……」

と、官能的な吐息が漏れ聞こえてくるほどだ。

人妻はリモート会議をしながら、下半身はすっぽんぽんにされて、膣の奥まで指を入れられて手マンされている。

（恥ずかしいなんてもんじゃないだろうな……）

だが……志穂里のおまんこは、もう洪水だ。興奮しまくっている。

「会議中なのに……こんなに濡らして……」

拓也は煽りながら激しく指を出し入れさせる。

ゼリー状の白い果汁が指先にまとわりついてきた。

さらに志穂里の膣からあふれ出る果汁が、濃厚な芳香を放ちながら、とろとろ

とあふれ出してくる。

すごいことになってきたと思ったそのときだ。

しゃがんでいる志穂里がまたギュッと両手で口を塞いで、慌ててうつむいた。

同時に腰がガクンガクンと跳ね上がる。膣の入り口がギューッと締まって指が痛いほど締めつけられた。

(あ、また、イッ、イッた！　今度は指でイッたんだ。みんなの前で二度目の公開アクメだ……)

志穂里はうつむいたまま、ハアハアと肩で息をしていたが、やがて顔を上げて頬に張りついた髪の毛を直し始めた。

「志穂里さん……大丈夫？　もしかして、気分でも悪いの？」

画面から志穂里を気遣う声が聞こえてきた。

志穂里がしばらく画面に映らなくなったせいで、体調を心配したようだ。

「ごめんなさい。ちょっとめまいがして……もう大丈夫だから……たっくんも向こうに行ったし」

志穂里がちらりと下を見た。かなり怒っている。

(これはさすがに本気でおかんむりだな)

そっと指を抜いて拓也が苦笑いすると、志穂里は呆れたような顔をした。

そしてしばらくして、リモート会議が終了した。

志穂里がノートパソコンを閉じた瞬間だ。

彼女は拓也に襲いかかってきて、拓也のパンツを下ろし、出し抜けに肉棒をシゴき始めたのだ。

「し、志穂里さんっ……いきなり……ま、待ってて っ」

「ウフフ。だーめ。みんなの前で私を二度もイカせるなんて……あんな恥ずかしいことされて……絶対に許さないんだからぁ」

床に押し倒されて、肉棒を咥え込まれた。

射精ぎりぎりだった勃起が、そんな刺激に堪えられるわけもなく、フェラチオ開始わずか一分で、拓也はあっけなく昇天させられてしまったのだった。

第四章　勤務中に咥えられて

1

「結城さん、派手にやったみたいだねえ」

役場に着くなり、宮内がニヤニヤ笑って肘で小突いてきた。

(やばい！　智恵子さんか、志穂里さんのことがバレたのか？)

焦りつつも、必死に取り繕う。

「は、派手って……な、何のことですか」

「リモートワーク環境の開設だよー。子育て中のママさん職員は、みんな喜んでるよ」

拓也はどっと疲れて、怨めしい目で宮内を見た。

「そういうのは、派手にやったとは言わないんじゃないですか？」

「あっ、そう？　まあでも僕からすれば派手に変わったなって思ったからさ。役場って頭の固い人しかいないでしょ？　天変地異レベルの変化だけどね」

言われてみれば、最初はずいぶん拒絶されたけど、少しずつは拓也のやり方も受け入れられるようになった気がする。

少しはこの村のお役に立てるようになってきたかもしれない。

ふと、以前に沢木の言っていた「昔はいろいろあった」という意味が知りたくなった。

「そういえば、宮内さん。この村の昔って知ってます？」

歩きながら訊くと、宮内は首をかしげてぽつりとつぶやいた。

「あの戦争のことかな？」

「戦争？」

物騒（ぶっそう）な言葉が、宮内の口から出た。

「何があったんです？」

「村を二分して、激しくやり合ったって訊いてるけど。僕が東京の大学に行ってたときの話だからなあ。あんまりみんな話したがらないし」

ますます聞きたくなってきた。

「知りたいなら図書館とか行ってみたら？　あそこ、この村の歴史の本がたくさんあるからさあ」

なるほど、図書館は考えたことがなかった。

役場の仕事が終わったら、ちょっと寄ってみよう。

「あ、そうだあ。忘れてた」

宮内が素っ頓狂な声を出した。

「アライグマの駆除に行くんだった」

と、言いながらこちらを見た。明らかに誘っている。

「行きませんよ、僕は。今日は会議でたて込んでますから」

「ちぇっ。楽しいのに」

なんだ楽しんでいたのか。ますますこの人がわからなくなった。

宮内と別れて総務課に向かおうとしていたときだ。

土木課から、すらりとスタイルのいい美女が現れて、おっ、と足を止めた。

細身のジャケットにミニのタイトスカート。モデルばりにスタイルがよくて脚が長い。

顔立ちもかなり整っている。

肩までのセミロングに眼鏡の奥の切れ長の目が涼やかで、目鼻立ちもくっきりしていて一目で美人とわかるほどだ。

しかし足を止めたのは、美人だからというだけではない。

彼女には見覚えがあった。

高校三年のときに同じクラスだった、椎名絵里香だ。

相手も「あっ」と驚いた顔をして近づいてきた。

「たしか……結城くんよね、久しぶり。だけど……どうしてこんなところにいるの？」

「ここで働いてるんだ」

「ここで？　東京で働いてるって聞いたような気がするけど」

絵里香は眼鏡を指で触りながら、淡々とした調子で言う。

十年前と変わらぬ美貌だった。

と、いっても当時はほとんど会話をした記憶がない。

彼女は生徒会長で人気があった。物怖じしない性格で学業も優秀、しかも美人だった。

かたや、スポーツも勉強もレベルとしては中の下、なんの取り柄もない陰キャだった拓也と接点などあるわけがなかったのだ。

「仕事を辞めてこっちに戻ってきたんだ。地方公務員の試験を受けたら受かって、ここに採用されたんだ。椎名さんは？」

「私？　S市の職員よ。デジタル推進室ってところにいるの」

ああ、と思い出した。

地元の友達と話していたときに絵里香のことが話題になったのだ。

《さすが絵里香様。MBAだか取得してさあ、今はS市の市役所で結構いいポジションに就いてるらしいぜ。しかも官僚とか県議とか、ごっつい人脈持っとる》

〝絵里香様〟というのは高校時代、陰で揶揄していたあだ名である。

「ふーん。真幌場村の役場に、まさか同級生がいるなんてねえ」

絵里香がちょっと顔を曇らせた。

「じゃあね、また」

だがすぐに自信満々の表情に戻り、階段を降りていく。

（S市のエリートが土木課に何の用だろ。しかし、美人だったなあ）

相変わらず高飛車なのが懐かしかった。

総務課に行くと、隣席の沢木が積んでいた書類が雪崩を起こして拓也の席までハミ出していた。

（ったく、まーたあいつは……ん？）

書類の間に給与明細が挟まっていた。

つい金額を見てしまったが、拓也とほとんど同じような給料だ。

不思議に思ったのは「地方環境税」という項目だ。

かなりの金額だったのだ。

（なんでこんなに高いんだ？　真幌場村って別に財政難ってわけでもないのに）

真幌場には大きな工場がいくつかあるから、税収は見込めるはずなのに、さらに住民から税金を取っているのは妙だ。

このへんも図書館で調べてみようか。

2

仕事が終わって、図書館に行ってみて驚いた。

S市の図書館より建物が立派で、蔵書も充実しているし、大きな窓から日差しが入って明るく、学習室も広い。

絵本コーナーも広くて、小さい子どもが走り回ってもいいように床に柔らかい素材が使われている。

そこで職員なのかわからないが、年配の女性が子どもたちに読み聞かせをしていた。

（へえ、立派な図書館なんだなあ）

こういうところに税金が使われているなら、まあ、村民たちも納得するのかもしれない。

郷土資料のコーナーがあったので『真幌場の歩み』という本を手に取って、読んでみようと空いている席を探していたら、大きなテーブルの端の方がひとつだけ空いていた。

静かに椅子を引くと、隣に座っている女の子が顔を上げた。

「あっ！」

「え？　あっ……」

観光課の白石陽菜だったので拓也はたじろいだ。

「あ、えっと、隣いいかな」

「どうぞ」

陽菜は無表情で、またノートに何かを書き始める。

ショートヘアの美少女が図書館にいると、まるで受験勉強中の女子高生みたいだ。

（あれから、ずっと喋ってなかったな）

ホテルの一件から、陽菜とは口をきいていなかった。

相変わらずわだかまりはあるが、それでも以前のように、何かに口出ししてくるというのはなくなっていた。

『真幌場の歩み』を読みながら、陽菜を盗み見た。

白いモヘアニットに、黒のミニスカートという愛らしい格好だ。

だがこのキュートな服の下には、なんともエッチな身体が隠れていることを知っている。

（や、やばい……）

想像したら、股間が熱くなってきた。少し火照りをさましてから、また彼女を見た。何を書き写しているのかと思えば『初めて学ぶ、政治の基本』という入門書だったからびっくりした。

「何ですか？」

陽菜が、くりっとした目を吊りあげてきた。

「いや……その……政治に興味があるんだなあって……」

陽菜が本の表紙を手で隠す。

「……いいじゃないですか。別に政治家になるつもりなんかないけど、おじいちゃん、このところ体調悪いから、私も何か手伝えたらって」

「そっか……ホントに好きなんだね、この村が」

拓也の言葉にニコッと笑うも、ハッとして陽菜はすぐに怖い顔に戻った。

「S市のスパイさんには、これ以上言いません」

「だから……スパイじゃないって、何度言ったら……あのさ、リモートワークの仕組みができたのは知ってるよね」

「知ってます」

「他にもカレンダーを共有させたりグループLINEつくったり、少しでも役場の人たちが働きやすい環境になればと思ってしたことだよ」

陽菜が真顔で「わかりました」と認めた。

「でもS市のスパイって疑いはまだ晴れていませんから」

「あのねえ」

少し声が大きくなったようだ。
二、三人の高校生らしき子たちから、じろりと睨まれた。

「わかったよ。スパイでいいよ、もう」

頑固さに呆れて拓也は席を立った。

真幌場の本を元あったところに戻して、図書館を出ようとしたときだった。

「結城さん」

呼ばれて振り向くと陽菜が追いかけてきていた。

「何？」

ぶっきらぼうに言うと、陽菜はもじもじしながら小声で言った。

「観光課の山田さんが、お礼を言っといてって。リモートワークのおかげで、子育てしながら仕事ができるようになったって」

「そっか。よかった」

「それと……私も、ありがとう」

「えっ？」

聞き返すと、彼女がムッとした顔をした。

「ありがとうって、言ったの。この村のためにいろいろしてくれて」

陽菜はそれだけ言うと、小走りで館内に戻っていった。

（頑固だけど、素直なところもあるのか。可愛いな、やっぱり）

それによく考えたら、仕事で誰かに感謝されたのは初めてだ。

東京で働いていたときは感謝などされたことがない。仕事のやりがいってこういうことなのかもしれないと思ったら、肩の力が抜けた。

3

次の日。

リモートワークのセッティングのために観光課に行くと、イベントがあるとのことで在席している職員はほとんどいなかった。

出払っている間にセッティングしてほしいと言われていたので、いない人の席に座ってパソコンの準備をしていると、陽菜がお茶を出してくれた。

「どうぞ」

ニコッと笑った陽菜の可愛らしさに、拓也は呆気にとられた。

昨日までとは明らかに対応が違う。

それに加えて、ちょっと昨日と雰囲気が違う気がした。

(あれ？　いつもよりちゃんとメイクしてないか？)

顔立ちがそもそも愛らしいから、メイクをしてもあまり変わらないが、大人っぽさが増した気がする。

（なんで急にメイクなんて。まさか僕が観光課で作業するからメイクしてきたとか。そんなわけないか）

「すみませーん」

そんなときに、カウンターの向こうから声がかかった。

観光課に用事があるのか、村民のおばさんが手を振っていた。

「はーい」

陽菜が対応に向かう。

「なあにニヤけとるの」

と、からかわれて振り向くと西田香織が立っていた。

相変わらず派手なメイクに茶髪のギャルだ。三十歳の独身で、遊びまくっていると噂（うわさ）されている。これが役場の職員なのだからすごい。

「べ、別に」

慌（あわ）ててパソコン画面に目を戻す。

香織が背後から身を寄せてきた。

「ほーん。全然わからんわ。あんた、頭いいのねえ」

「別に、誰でもできますよ」

謙遜して横を向くと、うっ、と息を呑んだ。

香織が制服の胸元のボタンを上からふたつほど外していて、屈んでいるから襟元から胸の谷間が覗けていたのだ。

それにタイトスカートは、いつもどおりかなり短い。

《あの人、ヤリまくってますよ》

沢木の言葉が脳裏をよぎって、顔が熱くなってきた。

「あんた、白石さんに気があるん？」

耳元でささやかれた。ギクッとしたが、慌てて動揺を隠す。

「い、いや……別に何もないですよ」

「ホンマ？　なんかずっとあの子のこと見とらん？」

「み、見てないですよ」

「白石さん、今日は珍しく化粧しとるね。誰かが観光課に来るからちゃうの？」

またギクッとした。さすが女同士、めざとい。

「さ、さあ？」

「ねえ、ウチやあかんの？」

「は？」

いきなりおかしなことを言われて、思わず振り向いた。

すると、香織がさらに制服のボタンを外していた。ブラジャーと胸の谷間が大きく開いた襟元からばっちり見えていた。

金色と黒のド派手な下着だ。

「なっ……」

慌てて目をそらす。

受付カウンターで接客している陽菜は、こちらに背を向けている。

「なんやの。そんなに白石さんのことが気になるん？」

「べ、別に……それよりも、し、仕事場で何をしてるんですかっ」

香織はその言葉を無視して続ける。

「ウフッ。確かに白石さんて可愛いけど、なんかムカつくんよねえ」

とんだ言いがかりだ。

女の嫉妬（しっと）というのは怖いなあと思いつつ、作業に集中する。

「あのですね……僕と白石さんはなんも関係ないですから」

「白石さん、あんたといろいろあったって言うてたけどね」

「えっ？　し、白石さんが……？」

　拓也は驚いた。まさか出張したときのことを誰かに話すなんて……。

「あれ？　なんであんたそんなに動揺してるの？　ホンマになんかあったん？　あの子と」

　香織がイタズラっぽい笑みを浮かべる。

　もう後の祭りだった。

（し、しまった。カマをかけられたっ）

「へえーっ。なかなか手が早いやん、あんた」

「ち、違いますよ。何にもないんです」

「まだ寝てないってこと？」

「寝っ……！　い、いや、それは……」

「ウフフ。いいわ、じゃあ白状させてあげる」

「え？」

　香織が拓也の脚をどけてデスクの下に潜り込んできた。そして拓也の脚を強引に左右に広げてその間に身体を滑り込ませる。

　ちょうど座りながら、両脚で香織の身体を挟む格好だ。デスクの下だから前からは見えないが、大胆すぎて拓也は目を白黒させる。

「な、何をしてるんですか」

「しーっ！　騒いだら、あの子にバレるよ」

「バレるって、な、何を……うっ」

拓也はビクッとした。

香織がデスクの下で、拓也の股間を撫でさすってきたのだ。

陽菜の方を見る。まだ受付カウンターでおばさんと話し込んでいる。

（こんなこと、冗談ですまないよっ）

「な、何をしてるんですか。早く出てくださいよ」

下を見て小声で言うと、香織が唇を舐めながら、上目遣いにこちらを熱っぽく見つめてきた。

「フフッ。何をすると思う？」

小声で言いながら、香織は拓也のズボンのベルトを外して、ファスナーを下げ始めた。

「ちょっ、ちょっ……ちょっ……」

香織は慣れた手つきでズボンを下ろしにかかる。

「待って……待ってください」

抵抗するも、意外に強い力でズボンとパンツを膝まで下ろされた。

「なっ！」

デスクの下でイチモツが露出する。

恥ずかしいことに、こんな緊急事態にもかかわらず、すでに半勃ち状態だ。

「へえ、意外と立派やん」

うれしそうに言いながら、ギャルがペニスに手を伸ばしてきた。

「くっ……」

派手なネイルをした香織の手が、肉幹にからんでくる。

「な、何をするんですかっ」

香織が大胆すぎてめまいがした。

先日、リモート会議の最中に子育て保育課の人妻・藤咲志穂里にイタズラをしたけれど、香織のやり方はそれ以上に大胆不敵すぎる。

「やあん……あんた、意外と大きいのね」

香織は茶髪を指でかきあげながら舌を伸ばし、拓也の亀頭の裏側をねろりと舐めてきた。

「くっ……」

マウスを握りながら拓也は腰を震わせる。

香織の長い舌が、亀頭の裏の感じやすい部分を舐めあげていく。

「むっ……くうっ……」

拓也は奥歯を嚙（か）んで声をこらえた。

（あ、洗ってないチンポを……まさか職場で舐められるなんて……）

さらに舐めながら、しなやかな指で根元もシゴいてくる。

（お、おお……）

恥ずかしいながらも、気持ちよくなってきた。

ペニスの内部がじんわり熱くなって、鈴口（すずぐち）からガマン汁がこぼれて香織のシゴく手を汚していく。

「ううっ、だ、だめですっ……」

そう言うのがやっとだった。

もう腰が痺（しび）れて仕事なんかできなくなってきた、そのときだ。

陽菜がこちらに戻ってくるのが見えて、拓也は固まった。

4

「お疲れ様です。うまくいってます？」

デスクの向こう側に陽菜が立った。

こちら側に回り込まれたら、一巻の終わりだ。拓也は腋窩に汗をにじませながら、こっちに来ないでくれと願う。

「あ、ああ……でも、ここからちょっと、作業が大変なんで……」

わざと冷たく言うと、

「あっ、ごめんなさい、話しかけて」

陽菜がすまなそうな顔をした。

（いや、ごめん。ホントはこんなつれない態度を取るつもりなんかないんだ）

ちらりと下を見る。

デスクの下に隠れた香織がニヤリと笑う。

次の瞬間だ。

陽菜がいる前で、いきなりイチモツを咥え込んできた。

（おっ、おおお……）

腰に痛烈な痺れが走って、何も喋られなくなってしまう。

（ウ、ウソだろ……や、やめて……白石さんが目の前にいるんだぞ……）

香織の大胆さに拓也は驚愕した。

目線を下に向ければ、香織の大きく開けた口の中に、自分のペニスがヨダレまみれになって出たり入ったりしている。

（むむっ……くうう……）

勃起を咥えている香織の表情があまりに悩殺的だった。

こんな危うい状況にもかかわらず、さらに股間がみなぎってしまう。

「ううんっ……」

香織が小さく呻き、困ったような顔をした。

口の中で性器がさらに大きくなったからだろう。

（ああ、とろける……）

前傾姿勢をとって顔を熱くしていると、陽菜が心配そうな顔をしていた。

「あの？　どうかしました？　大丈夫ですか？」

「い、いや、なんでもないんだ」

腰を震わせながら、なんとか答える。

陽菜を目の前にして、しゃぶられるという異様な状況が、スリルとなってなぜか勃起をさらにみなぎらせてしまう。

（くおお……天国なのに、じ、地獄だ）

生温かい舌と口内粘膜の感触が、気持ちよすぎて腰が震える。

デスクの下では、香織が顔を振り立ててきて、唇でペニスの表皮をシゴいてきていた。さらに根元までずっぽりと咥えられ、目がチカチカした。

「結城さん？」

陽菜が怪訝な顔をした。

実はデスクの下で、同僚の香織に咥えられているなんて、考えもつかないだろう。

「やっぱり具合悪いんじゃ……」

陽菜がさらに近づこうとしたので、

「こ、来なくていいからっ！」

ぴしゃりと言って、不機嫌そうに睨みつける。

陽菜が立ち止まって目を見開いた。

「結城さん、今の言い方はないいんじゃないですか？」

デスクの下で、香織はさらに強く吸い立ててきた。

陽菜に言い訳したいのに、脂汗が出てきて何も言えない。それどころか、あろうことか射精の予兆を感じてきた。

(まずい……白石さんの前で……フェラされて射精しちゃう)

拓也はなんとか奥歯を嚙みしめて、

「い、忙しいから……」

と、それだけ伝えるのがやっとだった。陽菜は、

「わかりました。邪魔してすみませんでした」

と言ってデスクから離れていく。

(し、白石さん……くぅ)

申し訳ないとうなだれると同時に、腰に痛烈な刺激が宿る。

デスクの下で、香織が敏感な鈴口を、ねろねろと舐めてきたのである。

(くううう、そ、そこは……だ、だめっ……)

トイレに駆け込みたいのに、そうはさせまいと香織はさらに腰を強くつかんで咥え込んできた。

(あ、あああ……もうだめ……)

ガマンできなかった。

一気に尿道口から欲望が吐き出されて、香織の口の中に射精してしまう。

「ううん……」

香織が顔をしかめる。

だが、口の中に大量のザーメンが吐き出されたにもかかわらず、香織は肉棒を咥え込んだままだ。

（ああ……に、西田さんの口に射精しちゃったよ……）

顔を上げてまわりを見る。

自分の席に着いた陽菜はこちらに背を向け、パソコンで入力作業をしていた。

（よ、よかった……）

脳が焦げつくような愉悦の中、射精が終わり、肉竿が香織の口唇から吐き出された。

下を見ると、香織が口の中を見せてきた。

白濁のとろみが、口の中にいっぱいだった。

むせ返るような栗の花の匂いが立ち上りはじめる。

（ああ、僕の出したものを……あっ！）

次の瞬間、拓也は目を見開いた。

香織が口を閉じて、こくこくっと喉を鳴らしたのだ。

(の、飲んだっ……僕の吐き出した精子を……)

呆気に取られていると、香織がデスクの下で妖艶に笑った。

「ああん、すごいとろみ……青臭くて……すっごい量だから、ウチびっくりしたわ」

香織が音をたてないようにゆっくり立ちあがり、そっと自分のデスクに戻っていったので拓也は唖然とした。

(な、なんだったんだよ)

気持ちよかったのは間違いない。

だが陽菜は確実に怒ってしまった。

あとで話しかけに行ったが、陽菜にはそっけない態度を取られてしまい、拓也は落ち込むのだった。

5

通告どおり、四月になったら第二次歓迎会が催された。

今回は駅前の居酒屋ではなく、公民館の一室だ。なにせ総務課も含めた他の課も一緒だから参加人数はまあまあ多い。

テーブルに乾き物にちょっとしたオードブルが置いてあって、紙コップでビールを飲むという立食形式だ。

安あがりだが、この前の歓迎会よりもだいぶラクだった。

「おまん、少しは飲めるようになったかの」

金色のごついブレスレットをした手で肩を叩かれた。

磯川課長の恫喝にも、さすがに最近は慣れてきた。

「まあほんの少しですけど」

適当に言うと、磯川課長は、がははと笑って肩を何度も叩いてきた。

「いいこころがけやな。スパイにしては」

「まだ言ってるんですか？」

呆れて言うと磯川課長はじろりと目を剝いた。

「この前、ウチの役場に来ていたS市の女狐と、親しく話し込んでたやろ」

「女狐？」

少し考えて、おそらく絵里香のことだろうと思い当たった。

「あれは高校のときの同級生で」

「やっぱり親しかったんか。あれこそS市のまわしもん、私利私欲の塊（かたまり）やで」

「そんなことはないと思いますけど」

絵里香は、とっつきにくくてプライドが高くて高飛車だけど、そんな強引なことをするタイプではない。むしろ正義感が服を着て歩いているような性格だ。

「しかし、そんなにS市にこき使われるのがいやなんですか？」

呆れて訊くと「タワケが」と一喝された。

「それは些細（ささい）なことや。ワシらはみんなこの村を愛しとる。だから戦うんや」

陽菜と同じようなことを言っている。

本当にこの村は結束が固いなあと思っていたら、奥でいざこざが始まった。

「村から出ていけ、裏切りもんがーっ」

観光課の山崎課長だ。

「あほう、おまえが出ていけ。村の未来を考えろ」

土木課の塚原課長が言い返す。

まわりは「また始まった」と、そんな顔つきである。

「観光課と土木課も仲が悪いんですか？」

サンドイッチを頬張(ほおば)っている宮内に訊いた。

「そうみたいねえ。例の戦争のわだかまりじゃない?」

「戦争ねえ」

だからそれはなんなのだろうと、観光課のテーブルを見ると陽菜がいた。

そうだ。陽菜だったら昔のことを教えてくれるんじゃないか?

そんな思いと、先日のパソコンの設定のときの誤解をといておきたいという思いで、紙コップを持って観光課のテーブルに近づいた。

(よし、西田さんはいないな)

いたらまた面倒なことになる。

拓也はホッと胸を撫でおろして、陽菜の横についた。

「なんだか課長さん、すごい剣幕(けんまく)だけど……」

ふと話しかけてみる。

最初はちょっといやな顔をした陽菜だが会話に乗ってくれた。

「結城さん、知らないのよね……ちょっと昔の話なんだけど……」

陽菜が喋りかけたときだ。

「こりゃっ。いい加減にせい、タワケが」

しわがれた声が聞こえた。

見ると椅子に座った村長の白石勤（つとむ）が、げほげほと咳（せ）き込（こ）んでいた。

体調が思わしくなく、ちょっと伏せっていると聞いていたが、確かにここに採用された先月よりも、具合が悪そうだ。

七十五歳と高齢なのだから、ちょっと心配になる。

「おまんら、もうあれから二十年やぞ。いい加減にいがみ合うのはやめんか」

観光課の山崎課長と土木課の塚原課長が、顔を引きつらせて頷（うなず）いた。

村長の前だと借りてきた猫のようだ。おそらく子どもの頃からのふたりを、村長は知っているのだろう。

「ワシは今でも、合併しなくてよかったと思うとる。やっぱり小学校と中学校を残したかったからな」

村長がしんみり言った。

横にいた陽菜が耳打ちしてきた。

「昔ね、S市と合併する、しないで、村が二分したらしいの。合併すれば財政破綻せずに済む。だけどその代わりに小中学校がなくなってしまう。そのときにね、住民たちは話し合って、税金を上げてもいいから学校を残そうと決めたんだって」

沢木の給与明細を思い出した。

あの〈地方環境税〉というのは、このためにあったのだ。

村長が続けた。

「あのとき、おまんらは子どもは宝だと言って泣きながら握手したやないか。争いは大変やったが、みな、村のことを思うとるのは一緒のはずや。これからも仲良くせい」

そうだったのかと拓也は胸を熱くした。

「そうか……この村にはそんな歴史が……」

拓也がつぶやくと、陽菜が笑った。

「でも合併推進派も、ちゃんと村の未来を考えての行動だったのよ。村を愛してることは変わりないの、みんな」

陽菜が目をきらきらさせて言う。

「ほら、今日はあの子の歓迎会やろ。できる子らしいやないか」

村長の一言で、集まった職員が一斉に拓也を見た。できる子などと言われて、顔が熱くなった。

「が、頑張りますから、もっとこの村を住みやすいように、しますから。よろしくお願いします」

歓声があがった。

陽菜がスーツの裾を引っ張って、口の形で「ありがとう」と伝えてきたので、余計に照れてしまうのだった。

6

危うくしこたま飲まされそうになったが、なんとか危機を脱して駅まで歩いてきた。終電まではあと十分ほどだ。早足になる。

心地よく頭が痺れていた。

アルコールが苦手だったのに、今は酔いが心地いい。

昭和で時間が止まっていると思っていたこの村も、この村なりの理屈がある。

拓也は少し見直した。

（というよりも、陽菜ちゃんといい感じになれたのが、一番の収穫なんだけど）

ふたりともほどよく酔ったのもあり「拓也さん」「陽菜ちゃん」と呼び合えるまで親しくなれたのだ。

（デートの約束も取りつけたし、これはもう、いくしかないよな）

鼻歌交じりに空を見上げれば星が瞬いていた。

この村ではこんなにキレイな星空が見られるのか。気づかなかったな。

気分よく駅に着くと、駐車場に停めてあった軽自動車に、ダウンジャケットとミニスカート姿の女性が乗り込もうとしていた。

（あれ？　西田さん？）

なんでこんなところにいるんだろうと思っていたら、

「おーい」

と手を振られた。

無視する訳にいかないなと思って、香織のところに行く。

いつものギャルメイクした顔が赤く染まり、足下がふらついていた。

「西田さん。どうしたんですか、そんなに酔っ払って」

香織がふらついたまま身を寄せてきた。

アルコールの匂いがぷんと漂う。相当酔っているようだった。

「花ちゃんにいたの。だって歓迎会なんて面倒くさいでしょう？　ばっくれて友達と飲んでたってわけ」

「ああ、なるほど」

香織が抱きつきながら、上目遣いに見つめてきた。

強烈な香水の匂いがツンとくる。

「どうせ村長が、この村をずっと守るーっ、とか言うて、みんなが拍手したりしたんやろ。うざいわ、そんなん」

悪態をついて、からんできた。

「ウチはねえ、そういうの反対なんよ。S市とさっさと合併してさあ、スタバとかイオンとか誘致してくれりゃあええのよ。この村はどこもかしこも古すぎ」

なるほど、若い人にはそういう意見もあるのか。

みんながみんな、村の存続に賛成というわけではないらしい。

「もうええやん。ねえ、ホテルいこ。ウチ、今ヤリたい気分やねん」

香織がギュッと抱きついてきた。

小ぶりだが、おっぱいのふくらみを感じた。

(いや、ばか、何を考えてる)

ここで同じ観光課に所属している香織と関係を持ったら、陽菜とのことは終わりだ。

「だ、だめですよ。だって飲んでるじゃないですか。それに僕、もう終電が」

「あん、もう……真面目やなあ。ほんなら、あんたが運転して」

「僕も飲んでますって、うっ……！」

いきなりキスされた。

ビールと揚げ物の味がした。

だけど厚ぼったい唇は柔らかくて瑞々(みずみず)しい。

しかし、舌を入れられそうになってハッとして顔を離す。

「な、何をするんですかっ」

そのときだ。

背後に視線を感じて振り向くと、陽菜が立っていた。

「……ひ、陽菜ちゃん……」

頭の中がパニックになった。

陽菜に見られた。

キスしているところを見られた。

酔いが一気にさめた。

陽菜は顔を強張らせながらも、引きつった笑みを浮かべて歩いてきた。

「拓也さんがスマホを忘れてったから、まだ電車の時間に間に合うかなって走ってきたの」

泣きそうな顔で言う。

拓也は慌てた。

「ち、違うんだよ、これはいきなり、その……西田さんが無理矢理……」

「白石さんありがと。これからウチら、ホテル行こうとしてたんよ。助かったわ」

香織がとんでもないことを口走る。

顔を強張らせた陽菜は無言でスマホを突き出し、くるりと踵を返して走っていってしまった。

「陽菜ちゃん」

追いかけようとしたら、香織に腕をつかまれた。

「フフ。ざーんねん。キスしたのは事実やもんね。追いかけたって、あの潔癖で頑固な子が許してくれると思う？」

香織がイタズラっぽく言う。

「あの子、面倒くさいで。やめた方がええんやない？　というか、もう終わりやと思うけど」

カアッと頭に血が昇った。香織とは、もう二度と話したくもなかった。

だが、それよりもだ。

そもそも、からかわれているのだから、余計に腹が立つ。

(この人は……どういうつもりなんだよ)

ふつふつと、怒りが湧きあがってくる。

「西田さん。とりあえずクルマに乗りませんか？　寒くなってきたし」

「別に寒くなんかないけど……ウフッ。あの子のあの泣きそうな顔……すっきりしたわ。ホテルなんか行く気もなくなったけど、どうしてもヤリたいんなら、行ってもええよ。二万でどう？」

さらに怒りに火がついた。

拓也は運転席に座り、香織が助手席に座る。

その瞬間に、助手席に座る香織のシートを倒して唇を奪った。

「むっ……うっ……ううんっ、ちょっとあんた。な、何するん！」

香織が顔をそむけてキスをほどく。

今までイタズラっぽい笑みを浮かべていたギャルが顔を強張らせた。

「し、したいなら、ホテルでウチを抱けば……」

「ここで充分ですよ」

拓也は香織を押さえつけ、再び唇で口を塞いだ。

「んんっ……！」

苦しげに開いた唇のあわいに、すかさず舌を送り込んで、香織の口腔内を舐めまわす。

「……んふっ……ううん」

舌を嚙まれるかと思ったけれど、そんなことはなかった。

抵抗はしているものの、そこまでの激しいものではなかったので、遠慮なしに舌をからませて、もつれ合わせていく。

「ん……んふっん」

キスをほどくと香織が驚いた顔を見せてきた。

おとなしい拓也にこんな風に強引にされるとは思わなかったのだろう。

（このところ経験だけは積んでるんだ。童貞じゃないからな）

これで終わりじゃないとばかりに、香織のダウンジャケットのファスナーを下げてTシャツ越しの胸をまさぐった。

「ああ、ちょっ、ちょっと、こんなところで……アカンて……」

香織が焦った様子で、クルマのフロントガラスを見た。

もう終電も先ほど出てしまったから、誰かが通ることもないだろうが、クルマの中は丸見えだ。焦るのも当然だろう。

誰かに見られたら拓也もまずい。

わかっているが、もう止まらなかった。

息を弾ませながら、ミニスカートの中に手を忍ばせると、香織が「あっ」という顔をして腕を押さえてきた。

「待って。アカンて」

「二万円でしたよね。払ってあげますよ」

スカートを腰までめくり上げると、紫のハイレグパンティが露わになる。

こんなエロい下着を直に見るのは初めてだ。興奮しながらパンティ越しに女のワレ目をなぞり立てる。

「ああんっ……二万円なんて冗談やから。乱暴にしないで優しくして……」

「何が優しくして、ですかっ」

身勝手さに腹が立つ。

狭い車内だから抵抗されてもたいしたことはない。

だが、手が邪魔だ。

ちょうどコンビニの袋があったので、それをねじって紐状にして香織の両手首を縛りつけた。

「ちょっとっ……何するのよっ……」

さすがの香織も目を剝いた。

「好きにさせてもらうんですよ。二万円でしょう？」

「だからそれは冗談やって、ああんっ……や、やめてってば」

Ｔシャツをめくりあげ、紫のブラカップをズリあげると、香織は縛られた両手で胸を隠そうとした。

その手を左手でつかみ、バンザイさせたまま押さえつける。

おっぱいは小さく、乳首はくすんだ色をしていた。

すくうように揉みしだくと、

「ああんっ……やめっ……あううっ」

いやと言いつつ香織は感じた顔をする。

さすがヤリまくっているだけあって、色っぽくてエッチな悶え方だ。

それでも、感じさせているのだと自信を持って、拓也は乳房に指を食い込ませると、いやらしい揉み心地を指先に伝えてきた。

(エロいおっぱいしてるじゃないか……)

拓也は息を荒らげつつ、わずかに陥没(かんぼつ)気味の乳首を指先でくすぐった。

「はうう……」

香織が助手席のシートの上で顎(あご)をそらす。

拓也は無防備にさらけ出された首筋を舌で舐めまわし、さらには耳の奥も舐めてやる。

「あああんっ……い、いや……あああんっ……」

香織が背を浮かせると乳房が目の前にさらけ出される。

その中心部の突起を強く指でつまむと、

「あっ！」

香織は大きく目を開き、身体を小刻みに震わせる。

陥没気味だった乳頭部が、みるみるうちにせり出してきた。拓也は汗ばんだ乳肌に舌を走らせ、甘ったるい汗を味わっていく。

「ああ、や、優しくしてってば……あああんっ……」

香織は縛られた両手をギュッと握りしめ、眉間にシワを刻んで、真っ赤な顔で訴え始めた。

「乱暴にしても感じてるじゃないですか。乳首が尖ってきましたよ」

香織がキッと睨んできた。

「調子に乗らんで。か、感じてなんて……」

しかし乳首を舐めれば、香織は大きく背を浮かす。

ヤリマンギャルが必死にガマンしている表情に、拓也はますます興奮し、乳房をヨダレまみれにしてから、また煽る。

「感じてるじゃないですか」

「うっ、うっさいわ。あんた、ホンマは性格悪いんやね。くっ……くうぅ」

香織の腰がじりじりと動いていた。

両方の乳首を、時間をかけて交互に吸っていたら、くすんだ色に赤みがさしてきた。

「アカン、アカンて……いや、もうやめっ……」

香織の瞳は濡れきって、ハアハアと息も妖しく乱れてきた。

性格は最悪で絶世の美女でもないけれど、やはりヤリたくなる女というのはどこか魅力があるものだと思った。

拓也はガマンできなくなり、パンティの基底部に触れた。

「あっ……」

香織がビクッとして顔をそむける。

基底部を指で強く押していると、なんだか妙な感触がした。

ハイレグパンティに指をかけて引き下ろしてみれば、白い長方形の布が、恥部を覆い隠していた。

（こ、これって……）

見たことないが、知識はあった。

生理用のナプキンだ。

生々しいものを見て、ちょっと顔を強張らせていると、香織が恥じらいがちに顔を歪めて口を開いた。

「まだ生理はきてないわ。近いからつけてるだけ。あのね、女って生理前にヤリたくなるんよ」

香織がナプキンを外すと、纖毛の奥に蘇芳色に黒ずんだ肉土手があった。

（むうう、つ、使い込んでるっ……）

肉ビラも大きくてくすんだ色をしていた。

うっすらと開いたスリットの奥に、麗しい粘膜が顔を覗かせてヨダレのような蜜をしたたらせていた。

「うわっ、びっしょりじゃないですか……」

煽るように言うと、香織が恥じらった。

「だから、発情する時期なんだってば……あん、もうっ……こんなに濡れてるの恥ずかしいわ。早く入れて……」

香織は潤んだ瞳をしながら、甘えた声を出す。

拓也は香織を縛っていたビニール袋を外して、ふたりで後部座席に移動する。

目尻のメイクが涙で黒くにじんでいた。

性悪ギャルが泣いて欲しがっている。

拓也は溜飲を下げつつズボンとパンツを下ろし、怒張を開いた両脚の付け根に押しつけ貫いた。

「はああっ……あああっ……」

香織が顎を跳ねあげる。

（くおっ、なんだこのおまんこは……）

締めつけてくる膣の具合のよさに拓也は驚愕した。

これほど強い締めつけを受けたのは初めてだ。さすがヤリまくりのギャルだ。

拓也も負けじと、激しくピストンした。

「ああん、いいっ……ああっ……あああっ……」

その乱暴な腰の動きがよかったのか、香織は淫らに腰を振りながら、何度も絶叫した。

「はああん、いい、いいわっ……イ、イクぅ」

さらに強く締めつけてきた。気持ちよすぎる締めつけだ。拓也は訴えた。

「くううっ、こっちも出そうですっ」

抜こうとしたら香織に両脚で腰を抱え込まれた。

「生理前やから、大丈夫よ……早く中にちょうだいっ」

「そんな、だめですっ……くうう……」

膣奥でさらに強く締められたら、もたなかった。

「おおおおっ……」

雄叫びをあげて、拓也は欲望のエキスを香織の中に浴びせていく。

「あん、きてる……あああ、またイッちゃううう！」

ヤリまくりギャルをアクメさせた感動と射精の快感で、拓也は香織に抱きつきながら、ぶるぶると身体を震わせる。

射精が終わって罪悪感が襲ってきた。

怒りにまかせて香織と無理矢理ヤッてしまったことに後悔した。

そのときだ。

ズボンに入れておいたスマホが鳴った。

助手席の香織の鞄（かばん）からも同じような音がした。

スマホの画面を見る。沢木からのＬＩＮＥだ。開いてみる。

【一斉送信。村長の自宅から連絡があって、先ほど村長が倒れたそうです】

えっ？　さっきの歓迎会でも挨拶（あいさつ）してたじゃないか。あれからすぐ倒れたというのか。

なんだか妙な胸騒ぎがした。当たらないといいのだが……。

第五章　負けられない桃色選挙

1

四月中旬になると、真幌場村も桜が満開を迎えた。

山々から吹き下ろす春の風は心地よく、ピンク色の花びらが舞う情景はとても美しい。

（いい天気だなあ……）

拓也は満開の桜の木の下に立ち、空を見上げた。

春は好きな季節だが、拓也の心の中はどんよりしていた。

「結城さん、そろそろ葬儀が始まるって」

黒いスーツを着た沢木が、中庭にいた拓也を呼びにやって来た。

「ああ。それにしても、たくさんお坊さんが来てたなあ」

先ほど派手な袈裟(けさ)を着た地元の僧侶が、若い弟子たちと行列をなしてやって来た。

「長く村長を務めてきた人っすからねえ。顔も広いし。さっき県議会議員とかなんとか党の支部長だとか、偉そうなのがずいぶんいましたよ」

「へえ。すごいんだなあ、村長さん」

三日前のことだ。

結局、村長の白石勤は倒れた三日後に亡くなってしまった。

七十五歳と高齢だし、このところかなり体調が悪かったようだから、家族はそれなりに覚悟していたらしい。

葬儀は自宅で執り行われることになり、みな村長宅に集まったというわけだ。

(この前の歓迎会での説教が、最後の言葉になったな)

《みな、村のことを思うとるのは一緒のはずや。これからも仲良くせい》

今思えば、あの言葉を伝えるために最後の力を振り絞ったかのようだ。

拓也はほとんど言葉を交わしたことがなかったけれど、この村を必死で守ったという昔話を聞くと、なんだかひどく哀しい気持ちになってしまう。

沢木に続いて座敷に入る。

縁つづきの座敷は襖が外され、奥の間に祭壇が設けられている。

ぎっしりと喪服の人々で埋まり、広縁まではみ出てしまうほどだった。

ふいに黒紋付に身を包んだ美しい女性が目の前に現れたので、拓也は目を奪われた。

白石里枝子。村長の義理の娘で、陽菜の実母である。

村長の息子は里枝子と結婚して陽菜が生まれたのち病気で亡くなったらしいから、里枝子は未亡人である。

里枝子も義父である村長をかなり慕っていたらしい。

確かに深い悲しみに暮れているのが傍目にもわかった。

(しかし、さすが陽菜ちゃんのお母さん。美人だよなあ)

いけないとは思うが、どうしてもそんな目で見てしまうほど、陽菜の母の里枝子は美しかった。

年齢は四十四歳。

つまり、二十歳のときに陽菜を産んだことになる。

そんな大きな子どもがいるとわかっているのに、里枝子は若々しくて四十四歳の熟女には見えなかった。

芦屋の名家に生まれたお嬢様だそうで、そう言われると気品がある。

優しそうな人だった。

タレ目がちな大きな双眸に見つめられると、たちまち包み込まれるような、ほわっとした気持ちにさせられる。

和装の似合う奥ゆかしい未亡人だった。

（しかも、スタイルもよさそうなんだよなあ）

自然と喪服の臀部に浮き立つ尻の丸みを見てしまう。

パンティのラインが見えないのは、和装に下着をつけないという身だしなみだろうか。それともTバックか。

（喪服ってエロいよな……いや、この儚げで品のある未亡人が着ているから、余計にエロく見えるのかも）

不謹慎だと思いつつも、美しい未亡人をそんな目で見てしまう。

それにしても陽菜とはタイプが違うな、なんてことを思っていたときだ。

里枝子が振り向き、拓也の顔を見て「あら？」という表情をした。

初めて会うはずだが、と思っていると里枝子は拓也の前まで近づいてきて、ゆっくりと頭を下げた。

「結城拓也さんですよね、先月から役場にお勤めになって」

「そ、そうですけど、あの……」

「陽菜がいろいろお世話になっているみたいで。よく話に出てくるんですよ、すごく頭がよくて、村を住みよく変えようと頑張ってくれてるって」

陽菜がそんなことを言っていたとは驚きだ。

しかし、それは買いかぶりすぎだ。

「そんなたいしたことをしてるわけでは……」

「これからもよろしくお願いしますね、陽菜のこと」

里枝子は目を腫(は)らした顔で、気丈(きじよう)に微笑んだ。

すぐに僧侶たちが現れたので、里枝子はまた頭を下げて遺族の席に戻った。

(陽菜ちゃんが僕のことをそんな風に……)

うれしかった反面、これは是(ぜ)が非(ひ)でも誤解をとかねばと思う。

先日、香織に無理矢理キスされたところを見られてしまった。それからというもの、陽菜とは一言も口をきいていない。なんとか仲直りしたい。

拓也は沢木とともに座敷の後方に座った。

隣の宮内も神妙な顔をしている。カタギには見えない磯川課長は、目頭をハンカチで押さえていた。

里枝子は最前列に座り、その隣に陽菜がいた。

後ろから、ちらりと陽菜の横顔が見えた。

目に涙を浮かべても、うつむくことなくしっかり前を向いている。

悲しみを押し殺す凜とした姿が、いつもの可愛らしい童顔とはうって変わって大人びて見えた。

読経が始まろうとしていたときだ。

背後が少しざわついた。

なんだろうと振り返ると、黒いジャケットとタイトミニに身を包んだ、モデルのようにすらりとした美しい女性が入ってきた。

椎名絵里香だった。

彼女はクセなのか、銀縁の眼鏡を指で触ってから頭を下げ、最後列に座る。

（絵里香様、来たのか……）

彼女が合併推進派の旗振り役だというのは、村のみんなが知っている。

つまり敵だ。

村長の葬儀にその敵が現れたのだから、場が色めき立つのも当然だった。

里枝子が後ろを向いた。

絵里香と目が合ったのか、軽く会釈をする。

陽菜も後ろを向いたが頭を下げることもなく、怖い顔をして絵里香を無視して前を向いた。

(待てよ……)

拓也はハッとした。

村長の息子はもう亡くなっている。

こういうときは副村長が村長になるのか？　副村長は誰だったっけ？

2

「え？　陽菜ちゃんのお母さんが出馬？」

デスクで仕事をしていると、智恵子がやって来て教えてくれた。

白石里枝子が村長選に出るらしい。

「行政の経験はあるんですか？　村長の秘書をやってたとか」

「ううん全然。あの人、すごい箱入り娘よ。仕事もしたことないはず」

智恵子がひそひそ話してくれた。

こういう人となりがよく知られているのは、いかにも田舎らしい。

拓也が訊いた。

「こういうときって副村長とか村議会議員が出るんじゃないんですか？」

「副村長は出るみたいよ。Ｓ市との合併推進派としてね」

智恵子の言葉に拓也は驚いた。

「合併推進派なんて、そんなに大勢いるんですか？」

「いるわよ。今までは村長の求心力が強かったから、あんまり目立たなかったの。でも村長がいなくなった今回は派手にやると思う」

「そうなんですか」

合併推進派が出てくるとは予想外だった。てっきりすんなり後釜が決まるとばかり思っていたのに。

「ところで副村長って、どなたでしたっけ」

「土木課の塚原課長の息子さん。東工大出のエリートよ。昔から頭のいい子でね。まだ三十二歳なのに顔も広いし……」

頭の中に絵里香の顔が浮かんだ。彼女ともつながっているんだろう。強敵だ。

「ねえ……」

彼女の手が拓也の太ももに置かれた。ドキッとした。

「ま、松井さん……」

「ウフフ。ねえ結城くん。あなた、陽菜ちゃんのこと、好きなんでしょう？」

「へ？」

ストレートに言われて一気に顔が熱くなる。

「な、何を……」

「ウフフ。あのねえ、こんな小さな村役場で、隠し通せるわけがないでしょう。みんなそういう色恋沙汰に飢えてるんだから」

智恵子が大きな目を向けてくる。

「そうなんでしょ？」

まるで母親のように優しく言われて、拓也は思わず頷いた。

「よかった」

「え？」

「だって、お似合いだもの。そうだったら、しっかり陽菜ちゃんと里枝子さんについてあげてほしいのよ。相手は相当手強いわ。私たちは、ＩＴ改革なんて言われてもチンプンカンプンだし……」

不安げに言われて、そうかと思った。

選挙で負けたらS市との合併話が一気に進んでしまうのだ。

小学校や中学校もなくなるし、子育てや福祉分野でも満足なサービスを受けられなくなるかもしれない。

いや、何よりもだ。

陽菜が悲しむ顔を見たくなかった。


一週間もすると、あっという間に小さな村は選挙モードに変わった。

告示日は今日だ。

村長の義理の娘・白石里枝子は村民から愛されているが、行政においては素人(しろうと)だ。

塚原課長の息子の誠(まこと)はエリートだけど、S市との合併をこころよく思わない村民も多い。

それなので白石陣営の票読みでは、副村長の塚原とかなり拮抗(きっこう)している、ということらしい。

「おまん、ホンマに住民票、村に移さんか」

里枝子の選挙事務所で磯川課長に言われた。

選挙事務所といっても、仮設のプレハブ小屋である。

「今、住民票を移したら、もろに得票目当てじゃないですか」

「タワケが。なりふり構ってられんわ。負けたら前村長に顔向けできんて。それにあいつらが勝ったら絶対にワシらは干される」

磯川課長が不機嫌そうに言った。

当然、総務課は白石陣営につくことになった。

向こうの陣営の中心は土木課だ。

立候補者が土木課の塚原課長の息子だから、というだけではない。S市と合併すれば、公共事業が今よりも増えるという旨味(うまみ)があるからである。

「あいつら、キックバックを目論(もくろ)んどるんや。この前も海外視察やら研修などと羽振(はぶ)りのいい言葉が飛び交っとったわ。S市の連中にそそのかされとるんや」

磯川課長が吐き捨てるように言う。

他のボランティアたちも「せやせや」と、みな鼻息が荒い。

ドアが開いて里枝子が現れた。

薄いラベンダー色の鮮やかな着物を纏(まと)い、黒髪をきっちりと結い上げている。

さすが名家のお嬢様だ。

どんな立ち振る舞いにも、いちいち品がある。

四十四歳。二十代半ばの娘がいるとは思えぬ若々しさだ。

輪郭や目元など、顔のパーツが全体的に丸みを帯びていて、とてもキュートなところも、若く見られる要因であろう。

（色っぽくて……可愛いな……奇跡の四十四歳だ）

取材に来ているのはS市のケーブルテレビや地元の新聞社といった馴染みのメディアだけだが、この美貌で地方自治体の首長になったら、そのうち全国区のメディアに取りあげられるかもしれない。

認知度が高まるのはいいことだが、あまり有名になってもらいたくない気持ちもある。

3

里枝子は白い手袋を嵌め、「白石里枝子」と名の入った襷を肩にかけた。

なにせ美人なので、テレビの女優さんが演じているみたいだ。

やたら華がある。

里枝子は緊張の面持ちで、マイクを握った。

「みなさん、お忙しい中お集まりいただいて本当にありがとうございます。私みたいなもののために」

拍手が湧き起こった。

「私の義父である前村長の白石勤は、この村を残したいとの一心で長年頑張ってまいりました。亡くなった私の夫も同じ思いです。子どもたちの将来のために村を残す。その思いは私も同じです。どうか皆様、ご支援、よろしくお願いいたします」

目に涙を浮かべる里枝子からは、切実さが伝わってきた。

同じく泣いていた磯川課長が立ちあがった。

「ようし、さっそく作戦会議や。寝たきりのじいさんばあさんも、みな車椅子に乗せて運ぶでな」

「桜老人ホームには話がついとる。二十票は堅いぞ」

「村を出てったヤツらにも連絡つけたで、一網打尽や」

みなで盛りあがっている。

「なんか、えげつないやり方じゃないのか、これ」

隣に座っている沢木に訊いた。

「でも、相手もなりふり構わずらしいっすよ」

「向こうも？」

「ええ。Ｓ市の商工会議所や商店街連合会が全面バックアップしてるし、どっかの国政政党も応援してるとか。あの手この手で切り崩しを狙ってきますよ、きっと」

「田舎の村長選挙くらいでもか？」

「本気で合併を狙ってるんすよ。この村は、わりと若い移住者も多いし、企業も金を落としてるから、見た目よりも潤ってるんすよね」

沢木が自慢げに言う。

磯川課長が、唾を飛ばしながら大声で糾弾した。

「ええか、塚原の倅のカタブツに目にもの見せてやるんや。何が東工大や、自慢ばっかりしくさりおって。裏切り者には制裁や！」

なんだか個人的な恨みが入っているような気がしないでもないが、みんなも口々に野次っている。

（熱いなあ）

でも、こうして自分たちの村を守りたいと力を合わせるのは、ちょっとうらやましい気もする。

　磯川課長が続けた。

「そこで問題は、やつらが謳っとるＩＴ改革ってやつや」

　とたんに陣営の士気が萎んだ。

〝ＩＴ改革〟という言葉が、まるで呪文みたいだ。

「やつら、この村の公共施設を徹底して改善、ＩＴ化するって言うとる。そうなれば小中学校は統廃合、役場にも人を置かんようになるで」

　みんながざわついた。

「そこで結城や」

　いきなり磯川課長の口から自分の名前が出て、心臓が飛び出しそうになった。

　みんながこちらを一斉に見た。

　陽菜も里枝子もこちらを見ている。腋汗が出た。

「今週末に両陣営の演説会がある。おまんに頼めんか？」

　磯川課長が急に猫なで声を出してきた。

　さあっと顔から血の気が引いていく。相手陣営はおそらく絵里香様が登壇するだろう。

ＭＢＡ取得者相手に、たかが東京でＩＴ会社に勤めたことがあるだけの男が太刀打ちできるわけがない。

「い、いや、そんな、無理です」

「いいや、おまんならできる。この村をいろいろ改革してくれたんやから、その手腕にワシらはかける」

手腕なんてありゃしない。

こんなこと、ちょっと勉強すれば誰でもできることだ。

頭が痛くなってきた。

「お願い、拓也さん」

陽菜がきらきらした目をしている。

椅子に座ったままこちらを向いたから、脚が開いていて、タイトスカートからちらりと白いパンティが見えた。

うわー、今日も白か。なんて、そんな場合じゃない。

「あ、あのですね……」

喉がつかえて、声が出なかった。

胸に手を当てて深呼吸したら、磯川課長が「おーっ」と歓声をあげた。

「そのジェスチャーは俺に任せろってことやな。S市のスパイなんて疑ってすまんかった。アライグマ当番は免除したる」

近くにいた宮内が不満そうな顔をしているのが見えた。

「いや、その……あの……」

陰キャは、追いつめられると言葉が出なくなる。

陽菜のことは好きだし、智恵子は筆下ろしの相手だし、志穂里とはアブノーマルなことをしたし、そして香織とも……いや、香織とヤッたのだけは後悔している。

それはいいとして、とにかくこの村で人生が変わったのだ。

だからこそ、この村を存続させたいというみんなの願いに一役買いたいのはやまやまなのだが、自分には荷が重すぎる。

「僕も村を愛してます、だけど……」

「おお、よう言った！」

磯川課長が駆け寄ってきて、ギュッと手を握られた。

「ありがとうございます。結城さん」

里枝子もやって来て頭を下げてきた。

くりっとした目で見つめられると、もう全身が熱くなってきた。

「頼むで！」

「まかせたぞ！」

みんなが一斉に声をあげる。めまいがして、急に前が見えなくなった。

4

（んあ？）

目を開けると見慣れぬ天井があった。

ぼんやりとした意識の中で、まわりを眺めてみる。

キレイな和室だ。

（どこだ、ここ？）

少なくとも選挙事務所ではない。

かけられた布団が軽くて温かい。

まるで高級旅館の布団みたいだ。なんだか気持ちいい。

「どうかしら、具合は」

声のした方に目を向けると、里枝子が襖を開けて入ってきた。

「えっ、あ……ここは……？」

「私の家よ。選挙事務所から近いので運んだんです。先ほどお医者様を呼んだんですけど、疲労じゃないかって」

疲労というよりも、プレッシャーが原因だろう。

きっとストレスで身体がおかしくなったのだ。

（ここが、里枝子さんと陽菜ちゃんの家か）

甘い匂いがしたが、これは里枝子の匂いだろう。

横になったまま彼女に目を向ける。

里枝子は着物ではなく、クリーム色のニットに膝丈の薄いグリーンのフレアスカートという清楚な格好だった。

今まで喪服と着物という和装しか見たことがなかったから新鮮だ。

それに、黒髪を下ろしたところも初めて見た。

肩までのふんわりしたヘアがとても柔らかそうだ。

四十四歳の未亡人の色気がにじみ出ていて、髪をアップにしていたときよりも女っぽさがぐっと増している。

長い睫毛に縁取られた、翳りの深い目元。そして高い鼻梁と薄い唇。

輪郭や目元などは丸みを帯びていて、キュートで親しみやすい雰囲気はあるのだが、どこか気品に満ちた美貌は育ちの良さを感じさせる。

「もう少し寝ていてね、陽菜が帰ってきたら送らせるから」

「す、すみません」

里枝子は拓也の枕元で正座をした。

スカートがめくれて、ちらりと太ももが覗いた。

ストッキングを穿いていない太ももはまぶしいほどに白く、ムッチリした肉づきのよさが悩ましい。

(色っぽい脚だな。それにスタイルもよさそうだ。陽菜ちゃんのスタイルのよさは、お母さん譲りってことか)

母子そろって、かなり豊かな胸元だった。

とりわけ里枝子の乳房は、成熟しきった豊かな丸みを見せている。

太もものボリュームも、はちきれんばかりの腰の量感もたっぷりだ。太っているというよりは豊満でマシュマロみたいに柔らかそうだ。

侵しがたいほど上品な容貌とは対照的に、肉体の方は官能美にあふれ、ムンムンと匂い立つような色香を振りまいている。

「あの、どれくらい寝てたでしょうか？」

「私が選挙カーでまわってたのは半日くらい……多分五時間くらいかしら」

確かに里枝子の声がかすれている。

ずっと選挙カーに乗って自分の名前を連呼していたのだろう。その美貌に疲れも見えている。

「そ、そんなに寝てたんですか」

起きあがろうとしたら、くらくらした。

里枝子が慌てたように身を乗り出して、拓也の肩を押さえてくる。

「いいのよ、寝てて」

「あ、はい。でも悪いです。それにあの……お母さんもお疲れのようですし」

「里枝子でいいですよ。今日はずっと自分の名前を叫んでたから、名前で呼ばれる方がよくなったわ……ウフフ。優しいのね、拓也さん」

親しみを込めてだろう、里枝子から下の名前で呼ばれた。

（陽菜ちゃんと結婚したら、この人が義理のお母さんになるのか……）

そうなったら、間違いを起こしてしまいそうな美貌である。

よからぬことを考えていると、里枝子は小さくため息をついた。

「ごめんなさいね、こんなことに巻き込んでしまって。Ｓ市に住んでる拓也さんには直接関係ないのに」

里枝子が悲しみに暮れた顔をする。

拓也は首を横に振った。

「僕、この村のこと好きですから、いいんです。子どもたちのために村を残すと言ってた村長は立派だと思います」

「そう言ってもらえるとうれしいわ。正直、選挙も不安なのに、向こうさんが言ってるＩＴ改革なんてちんぷんかんぷんで。そんなときに拓也さんがいてくれたから……ありがとう、ホントよ」

里枝子が手を握ってきた。

「いや、そんな……」

照れて目をそらしたときだ。

（あっ！）

里枝子の正座した膝がわずかに開いていて、暗がりからスカートの奥が見えてしまったのだ。

（お、お母さんのパンティ……陽菜ちゃんと同じ、白っぽい……）

これほど上品な奥様のパンチラはレアすぎた。

おそらく先ほど身を乗り出したときに、膝を開いてしまったのだろう。そうでなければ、淑(しと)やかな里枝子が脚を開いてしまうなんてことがあるわけなかった。

ちらちら見ていると、里枝子がハッとしたように膝を閉じて、スカートを手で押さえた。

(やばっ……)

慌てて目を泳がせた。

しまった。確実に目が合った。

覗いてたのがバレただろうと絶望的な気持ちになっていたときだ。

「よかったわ」

里枝子が奇妙な言葉をつぶやいた。

「私、陽菜とはとても仲がいいのよ。あの子、私にはなんでも打ち明けてくれるの。拓也さんのこともいろいろ聞いてます。その……出張した富山で仕方なく相部屋になったときのことも……」

「ええっ⁉」

目が点になった。

あのときのことを？　ということは……まさか……。

顔が青ざめる。里枝子は逆に頬を赤らめた。

「あのとき……陽菜ちゃん、いやいやあなたに抱かれようとしてたでしょ」

答えに困ることを言われた。

確かにあのときは、陽菜は村を守るために身体を差し出そうとしたのだ。

「あの子には言わないでね。あれ、ウソなの」

「へ？　ウソ？」

少しずつ状況を思い出していた。

「でも、な、泣いていましたよ。あれは演技じゃなかったと思うけど」

「初めてだから、緊張したんですって。だから、泣いちゃったみたいなの」

そうだったのか。

(というか、処女？　あのときに初体験をするつもりだったのか)

ふいに疑問が湧いた。

「あの、なんでそんなこと……」

「あなたのことが好きだからよ。みんなにスパイなんて言われてたけど、あの子は最初からそんなことないってわかってたわ。でも誘惑なんてできっこないあの子は、あんな風に妙な交換条件を持ちかけたってワケ」

なんだそうだったのかと、すっきりした。

(しかし、それならそうと言ってくれれば……いや、処女なんだから無理か)

陽菜の可愛い決意にほっこりした。

「それでもね、あの子ずっと寝られなかったらしいのよ。拓也さん、結局手を出さなかったでしょ?」

「そ、それは……いやがってると思ったからで……」

「私もそう言ったのよ。そうしたら、もしかして拓也さんって女性に興味がないのかもしれないって……」

「そ、そんなことないですよ」

えらい発想の飛躍だなと思った。里枝子が笑う。

「そうよねえ。だって、今だって……その……私みたいなおばさんにも、エッチな目を向けるんですものね」

やっぱり見られていたか。

恥ずかしくて、このまま布団に潜り込みたい気分だ。

「そんなに泣きそうな顔をしないで」

意外にも優しい言葉をかけてくれたので、拓也は目をぱちくりさせた。

里枝子が続ける。

「ホッとしたのよ。健康的な男の人だってわかって。私で興奮してくれるのも、うれしいくらい……だから、その……私でも、いやじゃないのよね？」

「へ？　あ、あの……」

いやじゃないとはどういうことだろう。

「ちょっと訊きたいんだけど……拓也さん、まだ経験ないんじゃないの？」

里枝子が小さな声で言う。

智恵子にも同じことを言われた。

どうも二十八歳には見えない童顔のせいで、童貞に見えるらしい。

「いや、その……経験はあるんですけど……」

「でも少ないんでしょう？」

「まあ……ほとんどないみたいなもんですけど……」

三人というのは、少ないって言っていい人数だよな、と心の中で納得させる。

「よかった。ねえ、拓也さん？」

「な、なんでしょうか……？」

里枝子が真顔で見つめてくる。

「あの……あなたには陽菜をきちんとリードしてほしいと思ってるの。だからその……私の身体で練習をしてもらえないかしら」

「は？」

拓也は目を剝いた。

（い、今、なんて？　練習ってそのつまり……）

恥ずかしそうにしている里枝子は、四十四歳の未亡人とは思えぬほどに可愛らしくて、見ているだけで心臓がバクバクした。

「こんなおばさんで申し訳ないんだけど……」

待て待て待て待て……。

突っ込みどころ満載で、頭がこんがらがってきた。

言いたいことはなんとなくわかる。

というか、陽菜の相手として認めてくれているのはうれしい。

だけどそれで陽菜の母親とセックスするというのは、わからない。うれしいけど。

「あの……ほ、本気なんですか？」

「もちろんよ。私でいやじゃなければ……だけど……」

どうやら里枝子は、浮気にはならないと思っているらしい。

なんという倫理観か。

（もしかして、これが箱入り娘たる所以か）

それにしても……娘の彼氏候補と関係を持つなんて……。

「いやじゃないですよ。だけど、その……あの……」

「よかったわ。陽菜には言わないわよ、もちろん。だから……」

里枝子がすっと立ちあがった。

何をするのかと思っていたら、里枝子は真っ赤な顔を横にそむけ、恥ずかしそうにしながらスカートの中に手を入れた。

（ななな、何、何？）

スカートがまくれて、白いパンティが露わになる。

高級そうな精緻なレースが施された、シルクのような素材のパンティだ。

里枝子は固く目を閉じて、唇をギュッと嚙みしめながら、震える手でパンティのサイドに手をかけた。

拓也の目は釘付けになった。

布団が盛りあがるのではないかと思うほどに、一気にイチモツが硬さをみなぎらせていく。

すると次の瞬間……。

（おおお！）

目の前で里枝子が中腰になって、丸まったパンティを下ろしていく。

くらくらした。

これは夢か？

四十四歳の麗しいキュートな未亡人であり、大人の色気を振りまく名家のお嬢様が、目の前で下着を脱いでいる。

そして爪先から抜き取ると、くしゃくしゃに丸めた純白パンティを、拓也の手に握らせたのだ。

（り、里枝子さんの、脱ぎたてほやほやのパンティっ！）

手の中にあるぬくもりが、あまりにエロすぎた。

里枝子はスカートの乱れを直してから、真っ赤な顔で言う。

「こ、これで、私が本気だってわかったわよね。お願い、早くしまって。もうすぐ陽菜が帰ってくるから……」

里枝子は美貌を真っ赤に染めたまま、早足に部屋から出ていった。

呆然としてから、ハッとした。

手を広げると、確かにパンティがあった。

半日ほど選挙カーでずっと村中をまわっていたと言っていた。

服は着替えたが下着までは替えていないだろう。じっとりしたぬくもりと匂いが感じられる。

拓也はちらりと襖を確認してから、そっとパンティを広げてみた。

うっすらと白いクロッチ部分にスジが浮いていた。

(ああ、里枝子さんの一日の汗やおまんこの汚れが……)

里枝子のワレ目だ。

もう頭がおかしくなりそうだ。

鼻先を近づけると、香水らしき甘い匂いがした。しかし、化粧品では隠しきれない強くてツンとした匂いが、拓也の股間をさらに刺激する。

「これが……里枝子さんのおまんこの匂い……」

濃い淫臭を感じた。

あの上品で清楚な里枝子が、こんないやらしい匂いをさせている。

よし、と拓也は覚悟を決めた。

演説会に出て、里枝子と陽菜の力になろう。

5

演説会の日は快晴だった。

まるで村の一大イベントのように、公民館には人があふれかえっていた。

朝には花火まで上がったのだ。

公民館の前には屋台が出ていて、宮内が焼きそばを頑張っていた。

「ああ、結城さんも食べる？　おごろっか」

拓也に気づいた宮内が、ずるずると音を立てながらやって来た。

「いや、いいです。食欲ないし」

宮内の脳天気ぶりにげんなりした。

こちらはこれから演説なのだ。

先日、里枝子の色仕掛け（おそらく本人はそう思っていないだろうが）を受けてやる気になったものの、冷静に考えれば、やはり大役すぎる。

暗い顔をしていると、宮内が肩を叩いてきた。

「大丈夫だよ。なんとかなるって。だめだったら、一緒にアライグマの駆除に行こうよ」

どうやら宮内なりに応援してくれているらしい。

「命の危険があるのはいやですよ。爪に触ったら死ぬんでしょ」

「ああ、あれウソだよーん。ちょっと脅かしただけ」

宮内がころころと笑った。

だが話していたら、わりと気が楽になった。謎めいた男だが、癒やし系なのは間違いない。

玄関には大きなのぼりがいくつも立っていた。

中に入れば、会場にぎっしりと村民が集まっていた。

おじいさんたちが紙コップにビールを注いでいる。小さな子どもたちがキャーキャーと走りまわっていた。

珍しくテレビカメラが入っていた。名古屋のテレビ局らしい。

目立ちたがり屋の若者たちが、テレビカメラに向かってピースサインをしている。どこにでもああいうのがいるなあと思っていたら、その中に沢木の姿もあった。

緊張感はない。ないどころか、むしろお祭りだ。

(この村がなくなるかもしれないってのに、いいんか、これ)

ステージの袖に行くと着物姿の里枝子がいた。陽菜もいて、さすがに緊張している面持ちだった。

「よろしくお願いします」

里枝子がぎこちなく頭を下げる。

「拓也さん……」

陽菜も不安そうだ。

「だ、大丈夫だよ」

そう言いつつも、こちらも緊張してくる。袖からステージを見た。

パイプ椅子が並べられて背後には白いスクリーンがあった。資料を映せるようにしてあるのだ。

その後ろには横断幕が張られていた。

「白石里枝子 vs. 塚原誠」

(誰だよ、プロレスみたいなのを書いたの)

そんなことを思っていたら、背後から磯川課長に肩を揉まれた。

「わかっとるな。もう後戻りはできんぞ」

「わかってますけど、万が一失敗したら……」

バシンと肩を叩かれた。

「出る前から、負けることを考えるヤツがおるか」

どこかで聞いたような台詞を言われた。あの横断幕を書いたのは、きっと磯川課長だ。

「ええか。失敗してもええんじゃ。仮に村がなくなっても村の魂は残っとる。S市の好きにはさせん。遠慮なく言いたいこと言えばええんや」

磯川課長の声が響く。

拓也は驚いた。もっとプレッシャーをかけられると思ったからだ。

「おまんにはいろいろ迷惑かけた。別にどういう結果になろうとも、おまんを責める者など誰もおらん」

磯川課長に言われて振り向いた。

みんなが頷いている。胸が熱くなった。やってやろうという気になった。

時間になって両陣営がパイプ椅子に座った。

塚原は銀行員のような七三ワケの髪型で、スマートにスーツを着こなしていた。

隣の絵里香は黒のタイトスーツだ。

匂い立つような色香とともに、デキる女のオーラを見せつけていた。

こちらは拓也と里枝子だ。

村民が所狭しと座っていた。ジャガイモだと思おう。

最初は塚原がマイクを握った。司会に紹介されて立ちあがる。

「この村は生まれ変わるんです。S市との合併で、今よりも充実したサービスを受けられます。企業誘致の話や県からの補助金の話もある。それにIT化で最先端の村になります」

意外にも、盛大な拍手が湧きあがった。

若い層が支持しているのだ。

「詳しくは後援会の、椎名絵里香が説明いたします」

後を受けて、絵里香が立った。

「これからは人手不足に対応した、効率化が求められる時代になってまいります。例えば役場。ここは来訪者ゼロを目指します。家にいて書類の交付もオンラインでもらえる。困ったことがあればＡＩがチャットで対応します。タクシーも自動運転、スーパーまで行かなくてもＳ市のオンラインショップで欲しい物が手元に届きます」

絵里香が、資料を用いてイノベーションとやらを、やたら連呼した。拓也は半分もわからなかった。思わず感心してしまう。

お偉いさんたちが拍手をして、若者たちがざわついた。しかし、高齢者と子どもはぽかんとしている。

「では、続いて白石里枝子候補です」

司会が紹介すると、里枝子が立ちあがる。

老人たちや子どもたちから、大きな拍手があった。

「私の義父、白石勤は、とにかく子どもたちとその未来を守りたいと、その一心でした」

たどたどしいが、逆にそれが切実さを伝えてきた。

「小学校、中学校を残したいというのが、村民の願いだったはずです。ぜひ皆様、どうかお力を……」

かすれた声と疲れた表情、それに目尻に浮かんだ涙……きっと、村人の心に残った……と思うのだが。

「では後援会の結城拓也さんから、公約のご説明をしてもらいます」

司会の言葉に身体が強張った。

立ちあがり、マイクを持つ。

絵里香の眼鏡の奥の目と視線がからんだ。彼女は不敵に笑っている。緊張が増す。

「あ、あの……結城拓也です」

一斉に全員の目が自分を見ていた。いっぺんに喋る内容が飛んでしまった。

元々こうして人前に出るタイプではない。陰キャとして陽の当たらないところを歩いてきたのだ。拓也はうつむいた。

だが、このままではだめだ。

村がなくなったとしても誰も責めないとフォローされたけど、きっと陽菜や里枝子は悲しみに沈む。そんな顔は見たくない。

右手をポケットに入れ、入っていた布地をギュッと握る。

先日、里枝子が脱いだパンティを拓也はポケットに入れていた。お守り代わりだった。

（ヤ、ヤリたい……ふたりとヤリたい……）

パンティを強く握ったまま顔を上げる。

「あ、あの……僕も、その……この村で働き始めた当初は、と、とんでもない田舎で、早くＩＴ化をしないといけないと思っていました」

もう、思ったことを自分の言葉で話すしかない。

ちらりと向こうを見た。

塚原と絵里香が視線を落とし、肩を震わせていた。笑いをかみ殺している。

「だけど、やっぱその……大事なんです。これは村にいないとわからないんですが、チャットじゃだめなんです。役場は人が集まる場所じゃないとだめなんです。顔と顔をつき合わせて、喋らないといけないんです。子育てのために、おばあちゃんが図書館で読み聞かせをしなけりゃ、だめなんです。学校で子どもの様子がおかしかったら、先生が放課後にその子の家に立ち寄って、お母さんとどうしましょうかって相談するのが大切なんです」

一気にまくし立てた。

「ＩＴは便利なんですけど、あくまで主役は人です。血の通ったサービスでなくてはならないんです。そのためなら、この村の人は税金が高くなってもいいと言ってる。若い移住者も少しずつ増えている。コストコもスタバもなくて、いろいろ不便かもしれないけど、村には明るい未来があると思います」

塚原と絵里香は、ニヤリと笑っている。

勝ったと確信しているのだろう。

だめかと思った。

だが、拍手があった。

若い人の拍手も多かった。

（絶賛とはいかなかったけど、少しでも若い人に伝わったのなら……）

拓也がホッとしたときだ。

向こう陣営のステージの袖(そで)に、塚原課長と香織の顔が見えた。

そのときに閃(ひらめ)いた。

土木課と地元建設業者の癒着。

昔から慣例になっているから、村の誰もが悪いとすら思っていない。

しかし今は……名古屋のテレビ局が入っている。

拓也はまだマイクを持っていて、カメラに向かって話した。

「それに公共工事の……地元建設業者との癒着も、この際、キレイにしたいと考えています」

客席がざわついた。

みなが土木課を見ている。

老人たちはみな知っているから、「それの何が悪いのか？」と何食わぬ顔をしているが、その常識は村の中だけに限ったことだ。

袖にいた塚原課長が、ステージに入ってきた。

茹で蛸（ゆだこ）みたいに赤くなっている。

「若造が。何を吹けあがっとるんや。今さらそないなこと言うて、どないするんや……」

「バカっ、オヤジ！」

壇上で息子である誠が、親を一喝した。

名古屋のテレビ局が取材に来ている。そこに、土木課の連中がなだれ込んでいって、

「こらあ、撮影やめんかいっ」

「テープ出せ！　生かして帰さんぞ、こらあ」

ほとんど反社勢力だ。

「おい！　テレビ局を助けろ！　土木の連中から守るんや」

磯川課長が叫んだ。総務課もなだれ込んでいく。

いつぞやの村民運動会と同じだ。みんな元気いっぱいに戦って、老人と子どもが手を叩いて笑っている。

すごい村だな、ここは……。

ふいに絵里香を見たら、パイプ椅子に座って大きなため息をついていた。

6

名古屋のテレビ局は、顔に絆創膏を貼りながらも、いい絵が撮れたと、さっさと帰っていった。

おそらく放送されたらたいへんな騒ぎになるだろう。

だけど村の結束は固いから、どっちの陣営も庇って、結局はうやむやになってしまいそうな気がする。

なにせ、それでずっとやってきたのだ。

お世辞にもいいこととは言えないけれど、変えることも難しいだろう。

そして風の噂によると、S市はどうやら合併の話を考え直すらしい。

だとすれば、村を残そうとする里枝子が勝つだろう。もしかしたら塚原は選挙を降りると宣言するかもしれない。

駐車場に行こうとしたら、磯川課長に呼び止められた。

「おまん、どこに行くんや。これから打ち上げ、祝勝会やで」

「投票日前に気が早いですよ。クルマに荷物を置いてから戻りますから」

磯川課長が笑った。

「主役がおらな、盛りあがりにかけるで、早うな」

えっ、と思った。

「主役？」

「せやろが。ようやった。おまんも立派な真幌場の人間や」

認められたらしい。まあ、よかったと思おう。

拓也は「すぐに行きます」と言って、駐車場のクルマに乗り込んだ。

そのときだった。

誰かが助手席のドアを開けて車に乗り込んできた。誰かと思ったら絵里香だったので、さらに驚いた。

「し、椎名さんっ？」

彼女は無言で助手席に座っている。

狭いクルマだから、乗り込むときにタイトミニがかなりズリあがって、薄いピンクのデルタゾーンが覗いた。

もちろん絵里香が、それを見逃すわけもなく、眼鏡の奥の切れ長の目をこちらに向けてきた。

「スケベ。ねえ、S市まで送って」

絵里香がさも当然というように、深く椅子に腰かけて小さく息を吐いた。

「は？　いえ、あの、僕……これから打ち上げが」

「いいでしょう？　行ってまた戻ってくれば。まったく噂には聞いてたけど、とんでもない村ねえ。昭和よ昭和。まったくもう」

ご機嫌がかなり悪かった。

それもそうだろう。現ナマの実弾も官民の癒着も、ここでは生活の一部であるが、絵里香からすれば納得できるわけがない。

「早く車を出しなさいよ」

高い鼻をツンと上に向けた絵里香は、まるで昔のままだった。

「わかりましたよ」

クルマを走らせていると、絵里香がぽつりと言った。

「ねえ、そこ。左に見えてきたあそこに入って」

絵里香が指差したのは、古いラブホテルだった。

「は？　は？　いや……」

「いいから。言うとおりにしなさいよ」

ぴしゃりと言われて、仕方なしに左折した。

（いったい何を考えてるんだよ）

もしかして自暴自棄になって……いや、絵里香に限ってそんなことはない。

高校時代だって、悪口を言われようがどこ吹く風だったのだ。

ホテルの駐車場にクルマを停める。

絵里香は先に立って中に入っていく。

このままにしておけないので後に続いて入れば、彼女は勝手に部屋を取り、鍵を持って奥の方へと進んでいく。

（いったいなんなんだ……まさか本気で僕と……？）

半信半疑のまま、拓也は絵里香に続いて部屋に入る。

中央に大きなベッドがあり、ムーディーな薄ピンク色の明かりがついている。

奥にあるドアはトイレと風呂だろう。

想像どおりの場末感があふれる、ヤルためだけの部屋だった。

絵里香は上着を脱いで、ハンガーにかけた。

着ていたのは白いブラウスだ。

すらりとしたモデル体形で、タイトミニから伸びる脚はとても美しい。

眼鏡をかけたデキる女は、ルックスもプロポーションもゴージャスで、場末のラブホテルで見ると掃(は)きだめに鶴である。

「あなたも脱いだら？」

「えっ？　いや……いったい何なんですか？」

拓也の言葉に、眼鏡を取って絵里香が見つめてきた。切れ長の目がゾクゾクするほど色っぽかった。

「何って。セックスするのよ、これから」

平然と絵里香が言った。

「は？　えっ？」

絵里香はベッドに座り、立っていた拓也の腕をつかんで引き寄せた。

そのまま、ふたりでベッドに倒れ込む。高級そうな香水の匂いが、むせかえるほど濃厚で、頭がくらくらした。

「ちょっ……自暴自棄にならないで」

「うるさいわね。私のパンティ見て鼻の下を伸ばしてたくせに。高校時代もエッチな目で見てたじゃないの。私とヤリたいんでしょう？」

絵里香が覆い被さって、キスしてきた。

（うっ！）

半開きになった口の中に、舌を入れられた。

（え、絵里香様とキスしてる……！　あ、甘い……）

生温かな唾と柔らかな唇の感触。

何よりも高校時代から高嶺の花だった才色兼備の彼女にキスされて、頭がとろけていく。

「んふっ……自暴自棄か。そうかもね。口惜しいのよ。あなたのプレゼンが勝っていたから」

キスをほどいた絵里香が言う。

「え？　そんなことないですよ。あれは僕が苦し紛れに言った公共工事の話で火がついただけで」

「公共工事の話がなくても負けてたわよ。恥ずかしいわ。あんな稚拙なプレゼンに負けるなんて」

絵里香は苦笑しながら、話を続ける。

「IT化だ、イノベーションだなんだって言っても、あれは人が幸せになるための手段でしかないのに、知識ばっかりふくれ上がって、肝心の人間のこと忘れてたわ。あなたの勝ちよ」

「そんな……勝ち負けなんて、ないと思いますけど」

絵里香がぽかんとしてから、寂しそうに笑った。

「そうね、そんなことどうでもいいのかもね……私ね、旦那とはずっと不仲で、男なんかに負けたくないと思って仕事一筋でやってきたのよ。それなのに、よりにもよって、あなたみたいな童貞顔の同級生に負けるなんて最悪」

「童貞顔ってなんだよ。そ、それより、旦那？　不仲？」

「そうよ。結婚してるの。仮面夫婦みたいなもんだけど」

そうだったのか。

見た目が完璧な女でも、結婚生活まで完璧とはいかないのか。

「でも、どうして合併話なんかにかかわってたんですか？　絵里香さんだったらもっと大きな仕事ができるのに」

「あのね、私だって生まれ故郷に愛着あるの。そんなことはもういいわ。ねえ、ヤリたくないの？　ヤラせてあげるわよ。感謝しなさいよ」

絵里香が、急にいつものように高飛車になった。

だけど単なる強がりにも見える。本当は寂しいんじゃないだろうか。

(絵里香様とヤレる……いや、これは、その……彼女の寂しさを埋めるためだからな)

自分に言い訳するも、結局はスケベ心が勝っていた。

早く打ち上げに戻らなければと思うのに、絵里香の色香とすらりとしたプロポーションのよさに興奮が募っていく。

「いいんですね、ホントに」

「いいわよ。するならさっさとしなさいよ。戻るんでしょう？」

絵里香が急かしてくる。

今まで人妻たちと甘い体験をさせてもらったけれど、容姿だけ見れば絵里香が一番かもしれない。

これほどの美女にはなかなかお目にかかれないし、なんといってもこの強気な性格だ。

気後れしてなかなか手が出ない。

（いや、やるんだ。やるからには感じさせてやる）

自分に喝（かつ）を入れつつ、拓也は絵里香の白いブラウスのボタンを外して、薄ピンクのブラジャーに包まれたふくらみを揉みしだいた。

「うっ……くう……」

ビクッと絵里香が震えた。

もしかしたら、感じやすい体質なのか、それともセックスレスらしいから、久しぶりで身体が敏感になっているのか。

わからないが、クールビューティな彼女が感じやすいのは好都合だ。

拓也は絵里香の背に手を伸ばし、ブラジャーのホックを外して、カップをめくりあげた。

乳房はひかえめなサイズだが、スレンダーなのでバランスがよかった。

小ぶりのふくらみに指を食い込ませると、

「ああっ……あああっ……」

と絵里香は細首を振り立て、艶（なま）めかしい反応を見せてくる。

さらに乳首を舐(な)めると、

「……ああんっ！」

彼女はビクッとして、大きくのけぞった。

「感じやすいんですね」

乳房を弄(もてあそ)びながら煽(あお)ると、絵里香は切れ長の目を細めてきた。

「久しぶりだからよ。あん、早くしなさいよ」

言い訳がましく言う絵里香だが、慌てたような顔を見せていた。

拓也の愛撫が、思ったよりも的確だったのだろう。

（感じさせてやる。もう高校時代の陰キャじゃないんだ）

左右のおっぱいを交互に吸い立てると、彼女はさらに、びくっ、びくっ、と痙攣(けいれん)する。

白くて滑(なめ)らかな肌が一気に粟立(あわだ)ってきた。ゾクゾクしているのだ。

絵里香が感じているのを見て、拓也は一気呵成(いっきかせい)に攻め始めた。

タイトスカートを剝(は)ぎ取り、ナチュラルカラーのパンティストッキングと薄ピンクのパンティに手をかけて一気に引き下ろして、爪先から剝(は)ぎ取った。

「あん……いやっ」

いきなり下半身をすっぽんぽんにされるとは思わなかったのだろう。

さすがの絵里香も恥じらい、両手で股間を隠す。キレイにネイルを施した指の隙間から、ちらちらと繊毛とワレ目が見え隠れしている。

もっとちゃんと見たいと、絵里香の長い脚を両手で広げ、M字開脚に割って押さえ込んでいく。だが、勢いがついて、絵里香の身体を折り曲げるところまで、脚を大きく上げさせてしまう。

絵里香の背中が丸まり、開いた両脚の間から、恥部を隠す手と彼女の焦った美貌が見えていた。

（やばっ、これ……まんぐり返しだ）

偶然にも卑猥な格好をさせてしまうと、絵里香が顔を歪めた。

「い、いやあああ！　な、何するのよっ」

拓也が両脚を押さえつけているので、逃げることもかなわない。

しかも苦しい体勢だからだろう。恥部を隠していた両手を、身体を安定させるために離してしまった。絵里香様のご開帳だ。

うっすらとした繊毛の下に、大ぶりの花びらがあった。

人妻なのにワレ目は黒ずんでおらず、美しいルックスと同じように気品すら漂ってくる。

アヌスも丸見えで、可愛いおちょぼ口だ。

理性が軽く吹き飛んで、絵里香の股ぐらに顔を近づける。

ムッとするような発情した匂いに誘われて、クンニをしようと舌を差し伸ばすと、

「い、いや……」

絵里香が声を震わせる。どうしてかとよく見れば、すでに亀裂に蜜があふれていた。

「もうこんなに濡らして……」

煽りつつ、亀裂を指先でいじれば、

「くううっ……あぁン……」

絵里香が甘ったるい声を漏らしてきた。

さらに指に力を込める。

ぐっしょり濡れた女の口に、中指がぬるりと入っていく。

「はあぁあっ……」

すると絵里香は背中を硬直させ、美貌をみるみる紅潮させる。

その目が、

「どうしてっ……？」

と、困惑していた。

拓也の愛撫が慣れているからだろう。口惜しそうな表情だった。

（いける……もっと感じさせてやる）

まんぐり返しにされた絵里香の股間に顔を近づけ、ねろり、ねろり、とワレ目を舌でなぞりあげる。

「あっ……あああっ……い、いやあっ……」

絵里香が眉根を寄せて目をつむる。

ぺろぺろと舐めていると、うっすら割れた花びらの奥の粘膜が、つやつやと濡れ光って、蜜がさらにあふれてきた。

すました美貌とは裏腹に、愛液の味は濃厚だった。

さらには発情しきった絵里香の生々しい恥部の匂いは、鼻の奥が刺激されるほどに強くて頭が痺れていく。

拓也は夢中になって、舌先を窄めて小さな穴にこじ入れて、膣の奥まで舐めて

やる。すると、

「あううぅっ！」

絵里香の声に、聞いたことのない低い唸り（うな）が混じり始めた。

喘ぎ（あえ）声をこらえきれなくなったようだ。

拓也は舌を伸ばして、肉穴の奥を舐めてやる。

舌を離せばねっちょりした熱い糸を引くほどに、絵里香はぐっしょり濡らし始めた。

「は、はあああ……い、いゃっ……こんな格好……ああん、奥だめ……舌が入ってくるぅ……ああ、だめっ……だめぇぇ……お願いっ……」

ついには絵里香の腰が、拓也の舌に翻弄（ほんろう）されるようにくねってきていた。

（ああ、奥がいいんだな）

いったん舌を抜き、その膣穴に指をぬるりと差し込み、奥をこすりあげる。

すると、

「はあんっ！　お、奥だめだってば……おかしくなっちゃう……」

絵里香はハアハアと息を荒らげ、眉をひそめた色っぽい表情を見せてくる。

拓也はさらに両手を伸ばして、まんぐり返しの股の間から見えている絵里香の乳首をいじりながら、クリトリスを舐めた。

「ああっ……はあああ……！」

絵里香はもはや、ヨガリ泣くばかりだ。

クンニを続けるうちにクリトリスも大きく充血してきて、ますます感度が高まりそうな生々しい色艶を見せてきた。

そんな感覚器官を、さらにしつこく舌でいじれば、絵里香は泣きながら腰を振りたくり、

「み、見ないでっ……イクッ……ああん、イッちゃうぅ……やあああんっ」

と、情けない声を漏らして、腰をガクガクと震わせるのだった。

「気持ちよかったみたいですね？」

誇らしい気分になって問いかけると、絵里香は涙目でキッと睨んで、拓也を押し倒して仰向けにした。

「ちょっ、えっ……」

拓也のズボンとパンツを脱がし、そそり勃つイチモツを握ると、絵里香はそのまま拓也の腰にまたがってきた。

「おおおっ……！」

肉竿がずぶりと絵里香の中に埋まっていく。

「ああん、あなたなんかにイカされるなんて……許せないわ……くうう」

騎乗位の絵里香が、いきなりいやらしい腰使いを見せてきた。

「おおっ……絵里香さん、い、いきなり激しいっ……」

根元から揺さぶられて、拓也は目を白黒させる。

「だめよ。今度は負けないから……プレゼンでも、セックスでも……」

絵里香が前傾してキスしてきた。

（くうう……なんてプライドが高いんだ……でも、いい女だよな……やっぱり絵里香様って……）

やがてとろけるような愉悦がやってきて、拓也は欲望のすべてを絵里香の中に噴出させるのだった。

第六章　村自慢の美人母娘

1

拓也は湯船に浸かりながら、はぁっと息をついた。

里枝子の家の風呂は、総檜で四、五人くらいなら余裕で入れそうな大きさだ。

思いきり脚を伸ばして、うーんと伸びをした。

（しかし、すごい風呂だなあ）

柔らかな湯気に包まれ、檜の匂いが鼻をくすぐる。

心地よかったが、リラックスしているかといえば、当然ながらそんなわけにはいかない。今から里枝子と身体の関係になるのである。

里枝子は選挙前の約束を覚えていた。

《あなたには陽菜をきちんとリードしてほしいと思ってるの。だからその……私の身体で練習をしてもらえないかしら》

あの言葉は本気だったのだ。

実のところ、あの絵里香様をイカせたのだから、処女の陽菜ならリードできると思う。だけど……里枝子からそんなチャンスをもらえるのなら、黙って誘いに乗ってしまおうと考えたのだ。

(陽菜ちゃん、ホントにごめん……でも、里枝子さんだって、きっと寂しいんだから一度だけ……ホントに一度だけだから)

湯の中で詫びながらも、股間は痛いほどみなぎっていた。

そのときだった。

「あの……拓也さん」

背後から呼ばれ、ドキッとして振り返った。

風呂場の戸の磨りガラスに、ぼんやりと人影が映っている。

「よろしいかしら、入っても」

里枝子の声だ。ちょっと震えている気がする。

「は、はい」

緊張で声が裏返った。里枝子がクスクスと笑っている。

(おおお、落ち着け……落ち着け……)

拓也は唾を飲み込んだ。

淑やかな名家のお嬢様で、今は未亡人の四十四歳の美熟女だ。

(そうだ。四十四歳だぞ。いかに若々しくて美人だといったって、さすがに年齢が年齢だ。あんまり期待しすぎたら……)

そう思いつつも、磨りガラスの向こうの里枝子が服を脱ぎ始めると、一気に心臓が高鳴った。

上を脱いだのだろう、たわわな乳房のふくらみが透けて見える。

さらにスカートとパンティを脱いだので、女らしい腰のカーブや、ムチッとした大きなお尻のシルエットがぼんやり見えた。

ガラス戸が開く。

里枝子は恥ずかしそうにしながら、バスタオルでおっぱいや股を隠しているものの、まろやかなヒップや、むっちりした白い太ももなどが見えていて、その豊満さに拓也は目を見張る。

(な、なんてエッチな身体をしてるんだ……)

髪を後ろで結わえ、うなじを見せている里枝子の、ほんのり赤らんだ美貌が色っぽかった。

「いやだ、そんなにじっと見ないでください」

里枝子が恥じらいがちに言うので、拓也はすぐに背中を向けた。

「す、すみません……」

謝りつつも、見たくて仕方がない。

うつむく振りをして、そっと肩越しに背後を見る。

（……おおっ！）

里枝子は片膝をついて、シャワーで身体を濡らしていたのだが、タオルが外れてフルヌードになっていた。

（ムチムチだ……ムチムチだよ、いやらしすぎるっ）

肩にも背中にも、柔らかそうな脂肪が乗って、四十四歳の熟れに熟れたまろやかなボディが素晴らしかった。

太ももや腰もたっぷりしているが、圧巻はヒップやバストだ。

無防備にさらされたヒップはあまりに大きく、おっぱいは少し垂れ気味ではあるものの、充実したふくらみを見せていた。

熟女らしい太めの身体つきだけど、想像よりもはるかにいやらしいボディだった。

彼女が立ちあがったので、拓也は慌てて前を向いた。

「一緒に入っていいかしら」

里枝子が檜の浴槽までやって来た。

「あ、は、はい……」

返事をすると、里枝子が浴槽のへりを跨いで入ってきた。

跨ぐときに脚をあげたので、股の間の陰毛がちらりと見えて、拓也はさらに身体を熱くする。

里枝子が身を寄せてきて並んで座った。

タオルは湯船につけていない。素っ裸だ。

湯船に浮かぶ重たげな胸のふくらみがすさまじい。

くすんだ色の乳輪は大きめで、ぷっくりと盛りあがり、尖端は薄茶色でツンと尖ってせり出している。

「ごめんなさいね。こんなおばさんの身体で、がっかりしたでしょう？」

「い、いいえ、そんな……」

里枝子が優しく言う。

「ウフフ。でも、私だったら好きにしていいから……陽菜には優しくしてね」

「は、はい」

このへんがどうもズレている。

母親として娘の彼氏候補とセックスするなんて……。

（まあそれに乗っかった自分も、おかしいと思うけど）

里枝子がこちらを向いてから、優しく微笑んだ。

「村のこと、ホントにうれしかったわ」

「いえ、お役に立てたかどうか」

「立ったわよ。充分すぎるほど」

湯船の中で、里枝子の手がビンビンに勃った肉棒に伸びてきた。

さらに、手を取られて乳房に導かれる。

震える手で乳房をつかもうとするが、手のひらからこぼれてしまいそうなほど大きい。

なので、湯の中に手を入れて下からすくいあげる。

指がぐにっと乳肉に沈み込んで、おっぱいが湯の中でひしゃげていく。

（なんて柔らかいんだ……しっとりとして指に吸いついてくる）

興奮しつつ、さらに強く揉みこんだ。

「あんっ……んっ」

里枝子が顎を上げ、口元を手の甲で隠した。

里枝子は色っぽく悩ましい声を漏らしながらも、拓也の股間を優しくゆっくりと上下にしごいてくる。

「す、すごいです、里枝子さん……き、気持ちいい……」

「ウフフ。拓也さんの……すごく、硬いわ……」

里枝子の息が少し荒くなってきた。

里枝子の胸を揉みしだきながら乳首を指でいじると、

「ああん……」

里枝子の口唇から甘い喘ぎがこぼれ、裸体がピクッと震えて湯が跳ねる。

（乳首が感じやすいんだな……）

拓也は軽く乳首をつまんで、ちょっと引っ張った。

「あん……」

それだけで、里枝子が恥じらいの声を漏らして顎をそらす。

目を細め、眉をひそめる表情がなんともエロティックだ。

（里枝子さんって、こんないやらしい顔をするんだ）

普段は淑やかでいいお母さんのふんわりした雰囲気だ。

だが今は、拓也におっぱいをいじられて身悶えるひとりの女だ。

「あン……上手よ。ねえ……おっぱい吸ってみて……」

里枝子が甘えた声で指示してくる。

きっと、ガマンできなくなってきたんだとうれしくなって、お湯からすくい上げた大きめの乳首を軽く口に含んで吸った。

「ンンッ……」

里枝子が肩を震わせて悩ましい声を放つ。

もう少し強く、チューッと吸う。

「ああああん……」

里枝子は背中をのけぞらせ、湯の中で気持ちよさそうに喘ぎ始めた。

その喘ぎ方が可愛らしくて、とても四十四歳には見えない。乳首を舐めながら上目遣いに表情を盗み見ると、

「やだ、拓也さんったら……見ないで。恥ずかしい……」

里枝子が真っ赤な顔をして、いやいやと首を横に振る。

やはりキュートだ。可愛らしかった。

もっととろけ顔が見たくなった拓也は乳首に吸いつき、舌先でねろねろと舐め転がす。

「ああんっ」

里枝子が身悶えして湯が跳ねる。

舌の感覚で、里枝子の乳首が硬くシコっていくのがわかる。感じてくれているのなら、もっと責めようと、さらに舌全体で乳首をねっとりなぞると、

「んッ……んッ……」

里枝子は再び口元に手を当て、必死にこらえた表情を見せてきた。

拓也は夢中になって乳頭を吸いまくる。

すると里枝子はビクッ、ビクッと腰を震わせ、

「ん、あっ……あっ……ああ……だめっ……」

声がさらに幼く、高いものになってきて、表情が今にも泣き出しそうな切実なものになってきた。

そしてついには、

「ああん、上手よ……ごめんなさい……私の方が欲しくなってしまって……」

彼女は乳房をつかんでいた拓也の手を取ると、湯の中に引き入れて、自分の股

間に導いてきたのだった。

2

「り、里枝子さんっ……」

大胆な行動に、拓也は目を見開いた。

湯の中で、拓也の指が里枝子の淫(みだ)らな亀裂に触れていた。

指を動かすと、

「あっ……」

と、里枝子は豊満な肉体を震わせる。その間も、拓也の股間をしごく手は離さない。

(里枝子さん……おまんこを自分から触らせるなんて)

なんて淫らなと思いつつも、触るだけじゃなくて、見たくなってきた。

「り、里枝子さん。立ってください、み、見えないから……」

「え？」

「里枝子さんのエッチな場所、見たいんです」

「そんなの……」

美熟女は顔を赤らめて首を横に振る。

しかし拓也がじっと見つめていると、やがて諦めたように小さくため息をついて、頷いた。

「いいわ。でもホントに幻滅しないでね、私はもう、四十路をとうに過ぎたおばさんなんだから」

里枝子は立ちあがり、全裸で浴槽のへりに腰かけた。

湯あがりの肌が薄ピンク色に上気し、湯気が立っている。

恥ずかしいのか、ぴたりと脚を閉じ、乳房を両手をクロスさせて隠している。

「ぜ、全部です……全部見せてください……」

静かに言うと、里枝子は顔をそむけて両手をだらりと垂らした。

少し垂れた乳房が、目の前に露わになる。

大きな乳輪の中心部の乳首が、ピンピンに尖っていた。

「こっちも……見せてください」

湯の中でしゃがんでいた拓也が、太ももに手をかける。

里枝子は顔をそむけて目をつむっている。耳まで真っ赤に染めて、羞恥をこらえるように薄い下唇を噛みしめていた。

（経験が少ない気がする……可愛い……）

そんなことを思いつつも、大胆に脚を広げさせた。

「ああっ……」

里枝子はまた、口元を手で覆い隠す。

その少女のような恥じらい方が拓也の興奮をさらに煽る。

ならばもっと辱めたいと、拓也は顔を近づけた。

目の前、数十センチのところに、里枝子の恥ずかしい部分がある。

（い、いやらしいおまんこじゃないか……）

大きく脚を開いているから、亀裂の内部も見えている。小陰唇のくすんだ色と中身の鮮やかな薄ピンクが対照的だ。

（経験は少ないけど、でもやっぱり四十四歳のおまんこだな……）

上品でセレブな美しい未亡人が、こんなに淫らなものを持っているとわかって、拓也は瞬きも忘れて熱っぽく見つめてしまう。

「あ、ああ……拓也さん、近すぎます」

荒ぶる息を敏感な部分に感じたのだろう。

里枝子は開いた脚を震わせる。

顔はもう火が出そうなほど真っ赤に染まっていた。

「ごめんなさい。で、でも、キレイですよ。こんなにいやらしいんだから、見ちゃいますよっ」

鼻息を荒らげつつ、さらに顔を近づける。

媚肉の奥がぬらついていて、朝露のような透明な雫が光っている。

(えっ……これ……お湯じゃないよな。粘ついているし……)

拓也は指先ですくいあげてみた。

「あンッ……」

里枝子が喘いで腰を震わせる。

ぬちゃという卑猥な音がして、拓也の指先に湿り気がまとわりついた。

「もうこんなに濡れてる……見られただけで濡らすなんて」

「そ、そんなこと……あんっ……」

口を押しつけると、里枝子が驚愕に目を開いた。

「だめっ……そんな……な、舐めるなんて……」

里枝子が股間を手で隠そうとする。

村の人妻は、みんな恥じらいがあっていい。だけど、乱れてくると我を忘れて喘ぐのも最高だ。

(里枝子さんも……経験は少なそうだけど、きっと……本音ではもっと大胆に感じてみたいと思っているはずだ)

拓也は里枝子の手を強引に引き剝がして、舌先で舐めた。

「美味しい……美味しいですよ、里枝子さんのオツユ……」

「あンッ、いやっ……そんなこと言わないで……、ああっ、いやぁっ」

口では抗うものの、本気の抵抗でないのは明らかだ。

さらに拓也は淫唇を舐めつつ、狭い穴に中指を押し込んだ。

「くううっ……」

里枝子が浴槽のへりに座ったまま、爪先を丸める。

中は熱くて、とろけるようだった。

剝き出しの器官を指で愛撫すると、襞がしっとりと指を包み込んでくる。

(すげえ……)

指先で奥をさらに捏ねてみる。

「あっ……あっ……そ、そんなにされたら……」

里枝子の喘ぎ声がますます高まっていくので、もっと感じさせたいと、さらに奥まで中指を入れる。

すると、こりっとした天井のようなものに指先が当たり、

「はああん、そこはだめっ……あんっ……ああん……だめぇぇ……」

淑やかな里枝子が、とたんに淫らな声を漏らし始めて、拓也は驚いた。

(清楚で上品な里枝子さんも、こんな風になるんだ)

しかもだ。

指の動きに合わせて腰を揺すってくる。

まるで、もっといじってと言わんばかりの動かし方だ。

「ああっ……見ないで……だめっ……はしたないのに……私ったら……許して、もう欲しくてたまらないの……」

ついには里枝子が指を自らの股間に持っていき、人差し指と中指を使ってワレ目をくつろがせるのだった。

3

里枝子がいよいよ、乱れた姿を見せてきた。

新しい村長である里枝子の、淫らに欲しがる姿……。

村の男たちの中には里枝子の美しさに惹かれて投票した人もいるらしい。

そんな中、まさか自分たちの選んだ村長が……楚々とした未亡人が、プライベートでこれほどの痴態をさらしているとは夢にも思っていないだろう。

(里枝子さんが、こんないやらしいことをするなんて……)

拓也も驚かざるを得なかった。

里枝子が自分から指を股間に持っていき、人差し指と中指を使ってワレ目をくつろがせている。

頭の中には着物姿に襷をかけた里枝子の姿があった。

あの上品な里枝子と、今の淫らな里枝子とのギャップに、拓也の興奮は最高潮に達する。

「ああ、お願い……」

哀願する里枝子の目は潤んでいる。

半開きの口からは、淡い吐息が漏れていた。

(いいんだ。つ、ついに里枝子さんと……ひとつになる……)

浴槽のへりに尻を乗せたまま、里枝子の腰をつかんで前に出させ、大きく開かれた股間にイチモツを近づける。

「ああ……」

里枝子がせつなそうな、ため息を漏らした。

久しぶりだから緊張しているのだろう。

優しくしますから……と言いたかったが、経験があるのがバレるので何も言わずに、ペニスの先端で里枝子のワレ目を上下になぞる。

（ああ、ホントに……里枝子さんとヤレるんだ……）

美人なお母さんだと思っていた。

美しいだけではない。

優しくて……そしていやらしい身体つきの四十四歳。

有り体に言えば、初めて見たときからずっとヤリたかった相手だ。

拓也は唾を呑み込み、浴槽のへりに座ってM字に開脚をする里枝子の裸体を見つめた。

垂れ気味だが見事な胸のふくらみから、少しお腹に脂肪をたたえ、むっちりした腰つき、そしてなんとも重たげなヒップ。

さすがに体形は崩れつつあるものの、そういういやらしい身体つきの方が男は燃える。

「ああ……り、里枝子さん……いきますよ」

浴槽の中に立ったまま、へりに座る里枝子の腰をがっちり持って、先端を膣口に押し込ませていく。

亀頭が熟れた媚肉に包まれ、快楽が広がった。

「は、入った……くっ……」

里枝子の中は思った以上に狭くて、きつかった。

それでいて、襞のからまり具合が素晴らしく、まるでこちらから無理に入れなくても導いてくれるみたいだ。

拓也は、その導きに合わせるように腰を入れる。

するとペニスがぬかるみをズブズブと穿ち、いよいよ奥まで嵌まった。

「あ、あンッ」

里枝子がクンッと大きく顔を跳ねあげた。

「拓也さんの……お、大きい……お、奥まできてるっ……」

里枝子の大きな瞳がとろんとして、妖しげに光っている。

「くうう……里枝子さんの中、すげえ気持ちいい」

拓也は快楽の中で、うわごとのように里枝子のことを口にする。

「うれしいわ……私も……気持ちいいの……」

里枝子がうっとりした声を出す。

すさまじい一体感だ。

脳みそが蒸発しそうな愉悦(ゆえつ)の波が押し寄せてくる。

心臓のバクバクが聞こえるほど興奮し、脚だけ湯に浸かったままで、挿入の歓喜をじっくり味わった。

「里枝子さんっ……ひとつになって……」

「ええ……私の中、拓也さんでいっぱいになってるわ……ねえ、拓也さん……」

里枝子は眉をひそめて続けた。

「……すごくイケナイことをしてるのは、わかってるの。後ろめたい気持ちでいっぱいなの……でも、うれしいの……」

「は、はい。僕も……これはもう一度だけだと……陽菜ちゃんのためだと……」

「そうね。でも今は私のことだけ考えてほしい……ずるいけど」

里枝子が甘えるように首に手をまわしてきて、キスをした。

激しいベロチューだ。

もう、じっとしてなどいられない。

里枝子の腰と背中をがっちり持って、後ろに落ちないように抱えながら、ゆっくりと出し入れを開始した。

「ああンッ。拓也さんのが……私の中で動いてる。感じるっ」

里枝子がキスをほどいて興奮の具合を口にした。

「僕も里枝子さんの中を感じてます……ああ、とろけそうだ……」

ストロークを激しくすると、さらに密着度が増していった。

「ああん……激し……ああんっ」

「里枝子さん……だ、だめです。気持ちよすぎて止まらないんです。くう……」

ぐっしょり濡れているのに、嵌まり具合がぴったりなのか、こすれている感覚が今までになくダイレクトに伝わってきた。

「気持ちいい……おおおっ……」

未亡人の激しい締めつけをこらえながら腰を振る。

ぐいぐいと奥を穿つと、里枝子は裸体を大きくのけぞらせた。

「あ……あんッ……だめ……やっぱり若いってすごいわ……ああん……拓也さんを気持ちよくさせたいのに……私がすごく感じちゃうっ……」

里枝子がとろけた瞳で見つめていた。

後ろで結わえた髪は乱れて、汗ばんだ美貌に後れ毛が張りついている。

打ち込むたびに、里枝子は眉間に悩ましい縦ジワを刻み、今にも泣き出さんばかりの悩ましい表情を見せてきた。

ぬぷっ、ずちゅっ、ぬちゅ、ぬちゅ……。

もっと激しく腰を使えば、濡れきった膣から愛液があふれ、淫靡な水音を奏で続ける。

もう止まらなかった。

拓也は里枝子をギュッと抱きしめて、奥までがむしゃらに突いた。

「あっ！　ああっ、ああっ……そんな……だめっ……ああんッ！」

力任せのストロークに、里枝子は激しく身悶えして、背中をのけぞらせる。

すると、大きなおっぱいが拓也の目の前で揺れ弾む。

重たげなバストの乳頭が、もげそうなほど尖りきっていた。

腰がぐいぐいとうねり、ペニスを食いしめてくる。

「う……り、里枝子さんっ」

たちまち射精しそうになってしまい、拓也は歯を食いしばった。

里枝子が汗まみれの顔を向けてくる。

「え？　出ちゃいそうなのかしら」

「は、はい」

「いいわよ……出して」

里枝子があっさり言った。

「で、でも……」

「心配しないで。それに……いずれ陽菜にも……だから、予行練習で私の中に注いでほしいの」

中出しをせがまれた。

(しかも陽菜にもって。それって、あの子にも中出ししていいってことだよな)

挑発的な台詞に、里枝子の中に入れたままの勃起をビクビクと震わせる。

「あん……中で動いてっ……いやだ……だめっ……す、すごい……」

里枝子の顔が色っぽくとろけて女の表情になる。

その里枝子の、エッチな表情が可愛らしくてたまらなかった。

「くうう……り、里枝子さんっ……お母さんっ……！」

拓也は、ぐぐっ、ぐぐっ、と腰を突き入れた。

「はああん、す、すごい……だめっ……イキそう……拓也さん、私、イッちゃいそうっ」

恥ずかしそうに目の下を赤く染めて、里枝子が言う。

「ぼ、僕も、もうだめです……ああ……」

「ああん。い、いいわ……ちょうだい、私の中……ああん……だめえっ……」

里枝子がヨガり泣いて腰を痙攣させる。

それと当時に、拓也はペニスを脈動させて精液を注ぎ込んだ。

全身が痺れるような気持ちよさだ。湯の中で立っているのが精一杯だった。

「あンッ……すごい。熱いのが、たくさん……ああんっ……」

里枝子は震えながら拓也の裸体をギュッと抱きしめてきた。

味わったことのない至福が、拓也の中で広がっていく。

絶対にいけないことだ。

だが、里枝子とのセックスは、まるで心を休ませてくれるような満ち足りたものだった。

「ンフ……拓也さん……」

里枝子が唇を重ね、舌を差し入れてきた。

拓也も舌を出し、ねちねちともつれ合わせてディープキスに興じた。

やがて欲望を出し尽くし、ふたりは身体を離した。

「よかったわ……これで……きっと、陽菜を優しくリードしてくれるわね」

慈愛に満ちた優しい笑みで、里枝子が言う。

「でも……」

やはり罪悪感はある。

少し曇った顔をすると、里枝子がクスクス笑った。

「陽菜のことね。大丈夫よ。あの子のことなら。あの子、このことを知ってるから」

「えっ？」

驚いて目を丸くしたときだ。

ガラス戸が開いて、タオルで裸体を隠した陽菜が入ってきた。

「なっ！　えっ！　えええ？」

腰を抜かすほど焦って(あせ)いると、陽菜と里枝子が顔を見合わせて、ふたりでクスクス笑った。

「言ったでしょう？　私たち仲がいいって。ねえ、拓也さん。若いんだから続けてできるわよね。今度は陽菜の番だから」

「拓也さん、お母さんみたいに激しくしないでね。初めてだから……」

ショートヘアの美少女が恥じらいながら言う。

「は、はは……い、いや、できますけど……」

まだ整理のつかない拓也は、とりあえずヤレると返事をした。

陽菜が浴槽に入って、抱きついてきた。

「この村のことも、それに私のことも……今後ともよろしくね、拓也さん」

陽菜がキスしてきた。

それを見ていた里枝子も、身を寄せてきた。

「ウフフ。一度だけって言ったけど……あん、あんなにすごいんなら、ねえ……また……」

里枝子が上目遣いで、甘い言葉をかけてくる。

「お母さんずるい」

「だって……相性がいいみたいよ、拓也さんと私」

美しい母子がふたりがかりで迫ってきた。

(だ、大丈夫かな……)

今後のことを心配するも、とりあえず真幌場村は最高だなと、拓也は心の内で思うのだった。

※この作品は双葉文庫のために書き下ろされたもので、完全なフィクションです。

双葉文庫

さ-46-10

地方(ちほう)の役場(やくば)がいやらしすぎて

2024年2月14日　第1刷発行

【著者】
桜井真琴(さくらいまこと)

【発行者】
箕浦克史
【発行所】
株式会社双葉社
〒162-8540 東京都新宿区東五軒町3番28号
［電話］03-5261-4818(営業部)　03-5261-4868(編集部)
www.futabasha.co.jp(双葉社の書籍・コミックが買えます)
【印刷所】
中央精版印刷株式会社
【製本所】
中央精版印刷株式会社

【フォーマット・デザイン】
日下潤一

ISBN978-4-575-52733-9 C0193
Printed in Japan